여름의 모양

여름의 모양

조주연 정유진

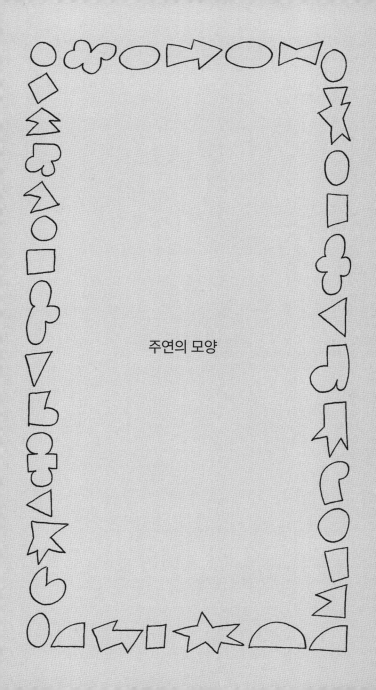

주연의 모양

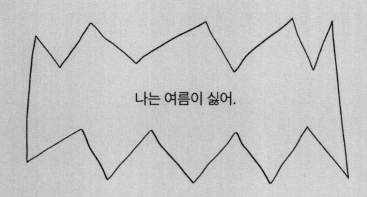

나는 여름이 싫어.

내가 여름을 싫어하는
10가지 이유

1. 덥다.
2. 어디서 나타난건지 모르겠는 이상한 벌레들
3. 당당하지 못한 내 팔다리 그리고 겨드랑이
4. 줄줄줄 흐르는 땀
5. 그 땀 때문에 무용지물된 내 아침시간.
6. 갑자기 튀어나오는 무서운 이야기.
7. 어디든 떠나야 할거같은 압박감.
8. 물속에 있는 듯한 아찔한 습도.
9. 갑자기 쏟아져 내리는 장맛비.
10. 모르겠고 그냥 너무 더운걸 어떡해

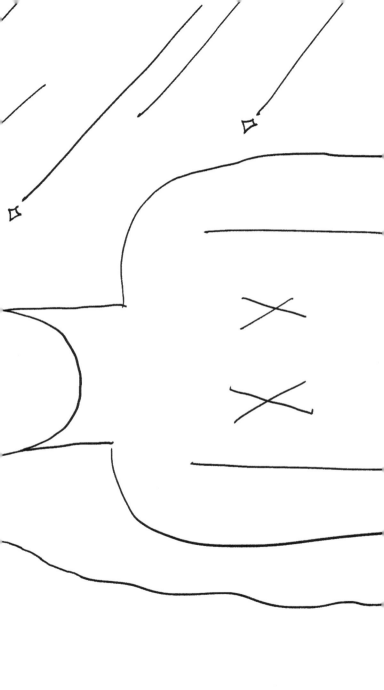

이제 얇은 이불로

바꿔야겠다.

자면서 땀을 흘린다.

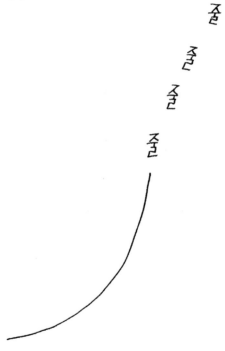

줄

줄

줄

줄

여름을 시작한지 얼마나
됐다고

그새 여름감기에
걸려버렸다.

아무래도 지독한 여름이
될 것만 같다.

내가 가장 닮았다고
생각하는 사람은
여름을 너무나도
         싫어 한다.
나도 그래야만
한다고 생각했다.

내가 사랑하는 사람은
여름이 좋다고 한다.
나도 그래야만 할 것 같다.

아직 여름은 조금 어렵다.

그냥 더운걸
어떡해

여름이 싫은걸
어떡해

땀이 너무 난다.
몸에서 밖으로 계속
나가기만 한다.

아무래도 내 몸에
구멍이 생긴게 틀림없다.

공허하다. 공空

내친구 A와 내친구 B

내친구 A는 여름을 극도로 싫어하는 편.
이유를 물어보면 죽을꺼같이 덥다그런다.
차도 있으면서 왜 그러는거야.

내친구 B는 여름을 극도로 사랑하는 편.
이유를 물어보면 편의점에서 파는 4캔맥주가
그렇게 맛있댄다. 꼭 죽을꺼 같이 땀을 흘리고
미친 갈증을 참았다가 먹는다.
도대체 왜 그러는거야.

여름이 뭐길래 도대체

장마 시작

다들 노래를 들어봐
그리고 우산을 들어.
빗소리에 맞춰서
발을 내딛어 봐.
신나는 노래를 들어.
더 빠르게 발을 내딛어 봐.
그러면 너의 바지는
다 젖어 있겠지?
그럼 됐어.
노래를 꺼도 좋아.

장마란다.
비가 하루종일
끊임없이 많이도
내린다. 주룩주룩
축축하다. ~~후후하~~

내 여름 장마 퇴치템1호
이젠 장맛비 따위 무섭지 않아!

뭘 잘못 먹은건지
하루종일 토해내는지,
아무래도 제대로
탈이 났나보다.

우웩

장 마 ➚ 비를 뜻하는 고유어

?

길장 長

모르겠고
악마의 마가
틀림없음.

악마같은 장마 자식!

방에서 듣는
여름 빗소리는
오히려 좋아.

번개도 친다.

우르르 쾅쾅.
우 르
르
쾅
쾅!

둘이 대차게 싸운다.
한놈은 이래도 되나 싶은 울보고
한놈은 불같은 성격의 더위

불 같이 성질내는 더위에
울보가 드디어 울음을 그쳤다.

더위가 이제 온 세상을
장악했다.

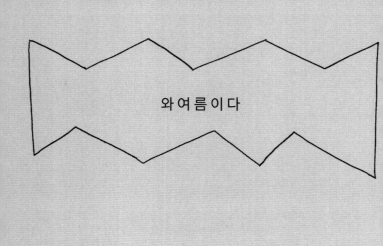

와 여름이다

기다리고 기다리던 파리(도티밸어) 다녀왔다,

가슴두근거가
아직도
부풀어있는
중요한
여행이었고 이렇게

여름만 되면 생기는 로망이 있다.
시골 어딘가에 놀러가 땀 흘린 옷을
손빨래 해 빨래줄에 걸어놓고
시원한 물에 샤워를 하고 나와
젖은 머리를 수건으로 감싸고 선풍기를
틀어놓고 그 앞에서 콩국수를 먹는 로망.
해가 진 늦은 저녁에는 잘 익은
토마토를 들고 나와 귀뚜라미 소리 들으
면서 통째로 와구와구 먹어주고
나선형의 모기향을 피워두고 채
피하지 못한 다리 한쪽에 모기 물린
자국이 있는 그런 상상.
어떡해 나 N인가 봐.

내 발톱에도
여름 옷을
입혀주었다.

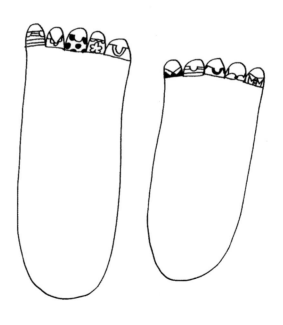

오늘 드디어 올해 여름
첫 매미소리를 들었다.
진짜 진짜 여름이다.
근데 아직 바다를 못 봐서 그런가
아직 여름이 실감이 안난다.
왜 그럴까.
바다가 진정한 여름일까.

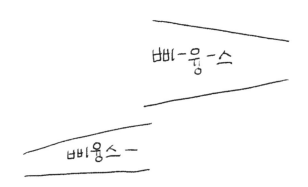

빼-웅-스

삐웅스-

평냉에 쏘주

여름 좋네?

차 림 표	
평양냉면	₩15,000
└ 사리추가	₩8,000
소주	₩5,000
※ 물은 셀프 입니다. ※	

아이스크림이 가장 맛있는 시간
= 겨울 차가운 공기에 손 동동 거리면서
먹을때.

그렇지만 더운 여름밤 집으로 돌아오는
길에 남몰래 사먹는 아이스크림 만큼
달달한게 없지.

내가 좋아하는 아이스크림
TOP5

1. 더위사냥
2. 탱크보이 `90칼로리´
3. 바밤바.
4. 브라보콘 (위에 땅콩 부분은
             대체로 아빠 주는편)
5. 옥동자

내 맘대로 여름 과일 품평회

포도 : 원래 여름 과일의 대장격 이었는데
　　　　　　　사인머스켓의 등장으로
　　　　자리에서 밀려나는 중이다

여름과일의 양아치,
어디서 나타난건지 달달함　　　: 사인머스켓
으로 다른 과일을 맛없게 만든다.
전엔 귀했는데 요즘은 너무 많아
져서 예전의 감동은 떨어짐

수박 : 갈증해소에 수박만 한게 없다.
　　　덩치만큼 제 역할 하는 중
　　　대신에 화장실 자주가게 만드는 주범.

떡복이냐 물복이냐 항상　　: 복숭아
싸우는데 다 필요 없다. 어떤거든
맛만있음 된거다. 씨가 커서 아쉬울 뿐

여기서 내가 제일 좋아하는 과일은 바로

체력관리의 필요성

체력 관리를 해야겠다.
땀을 흘린건데 온몸의 피가 빠진거마냥
세상이 빙글빙글 돈다.
덥다. 어지럽다.
무력해진다.
쓸모 없어진다.
사라진다.

아무래도 체력 관리를 해야겠다.

관계에 있어서 피로감과
외로움을 동시에 느끼는 중.
잠이 오지 않는다. 덥다.

윙이이이이잉 위 이이이이 잉

위

이이위잉 이, 이, 이, 이 위

이

이잉윙윙 위 이 이이위이

위위이

이 이 위 웅 웅 이 위 이 이

위 이 이 이 이 위 이 잉

위

짝! 윙 이 이 이

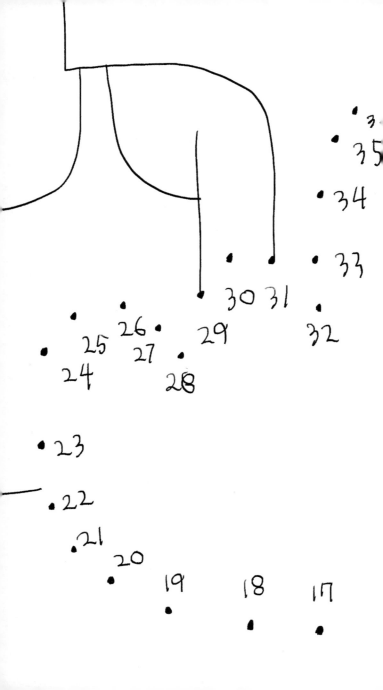

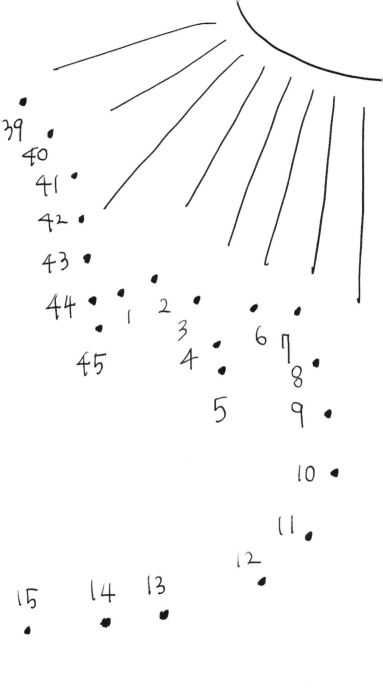

오늘은 땀을
내가 마신
아이스 아
메
리
카
노

만큼 흘린것 같네.

놀라운 토요일 재방송을 보는데
간식으로 매운 어묵을 먹는다.
왜 겨울 간식 트럭은 많은데
여름 간식 트럭은 없는가.

아이스크림 트럭
냉동 붕어빵 어쩌고 저쩌고
그냥 내가 해?

밸런스게임 렛츠고

계곡 vs 바다

빙수 vs 아이스크림

물냉 vs 비냉

반팔에 긴바지
vs
긴팔에 반바지

아이스아메리카노
vs
캔맥주 → 난이도 극상으로
          편지

더워서 잠못자기
vs
더운데 감기걸리기

아 ― 아 ―

뜨거운 열기에 빠싹 구워진
조 주 연이 있습니다.

떨이 떨이.
얼른 데려가지 않으면
말라서 곧 비틀어집니다.

빠르게 데려가세요.

너가 여름을 물리치는 노래들

1. ~~사랑과평화~~
2. ~~HELLS BELLS~~
3. French Virgin Party
~~그리고 뉴진스~~

아 부끄러워.

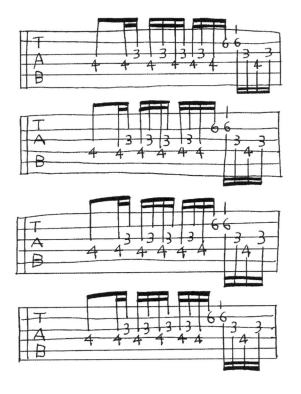

더 강하고 대담하게
여름아 다가와봐
바보야 도망가면
어떡하니.

너무너무 더운날 갈증을 꾹 참고 집까지
뛰어와 아스팔트 만큼 뜨거운 물로
온몸을 씻고 나와서 꺼내든 맥주를
한입 캬아아아아 아 아아

원래 잘 찾지 않던 녀석이었는데
나이가 든건지
요새는 수박이 좋다.

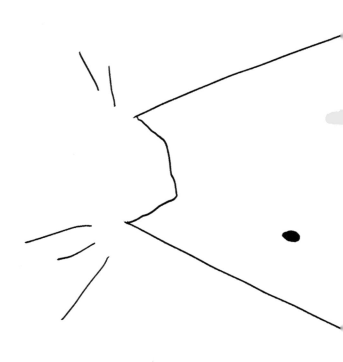

모양도 맛도 예쁜 수박
크게 삼각형으로 잘라
한 입 와 — 앙.

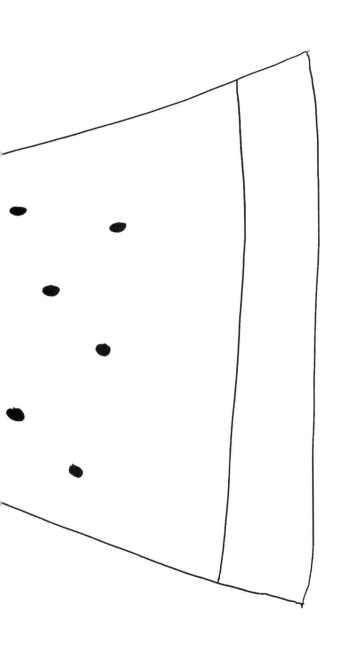

장바구니

 바닷가 놀러갈려고 찜해둔
연보라 색 수영복 ₩89,000

 하얀 나를 포기하고 싶지
않아서 넣어둔 선크림 ₩23,000

 얼굴에 한 화장도 더워서
맨얼굴로 다니게 도와주는 모자
₩65,000

 내 여름을 더 신나게
만들어줄 내가 좋아하는 가수의 음반
₩26,000

 더이상 차고 자지 않게,
자다깨서 줍지 않아도 되는
얇은 여름이불 ₩75,000

 질려서 입지 안을 나의 미래를
꾹꾹 숨긴 채 싸다고 잔뜩
유혹하는 겨울니트 ₩49,000

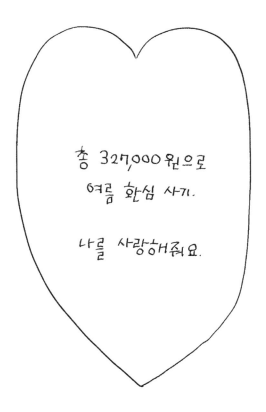

총 327,000원으로
여름 화실 사기.

나를 사랑해줘요.

짠! 하고 부딪히면 사라지는 더위.

짠! 하고 부딪히면 사라지는 기억.

다시 짠! 하고 나타나는 내 여름.

오늘 밤은 잘 보내보자 라는 말이
무색할 정도로 다시 밤이 무거워졌다.
마치 커다란 바위가 되어 나를 짓눌렀다.
온몸에 땀이 나기 시작했다.
겁이 나기 시작했다.

봄이 무서웠던 그 아이는 정말 봄만
무서웠을까. 여름도, 가을도, 겨울도
무서웠겠지?

도망가지 말고 나랑 같이 여름 넘겨보자.
가을도 맞고 겨울도 맞자.
또 무더운 여름이 짓눌러도 무서워말자.

동상이몽

조주연

오늘도 쪼리를 신었다.
나에게서 떨어지기 싫은 듯 한껏
엄지 발가락을 잡고 놔주질 않는다.
내가 얼마나 좋은 건지 여름이 다 가도
자국으로 남아 질척거린다.
알겠어 알겠다고.

안녕하세요. 쪼리입니다.
오늘도 이 여자는 쪼리를 신네요. 내가 한껏
꼬집는데도 아프지도 않는지 또 신었네요.
도로가 너무 뜨거워서 다 녹아버릴 거
같은데 이 여자는 또 쪼리를 신었네요.
제발 그만 좀 신으세요.

가을을 준비하는듯
    비가 추적추적 내린다.

하늘도 운다.
    같이 울어줘서 다행이구.

미워 미워 너 미워 죽겠어.
미워 죽을 거 같이 더웠으면
그렇게 한 순간에 가 버리냐
미워 너 정말 미워.

S.A.D

seasonal affective disorder

계절정동장애. 특정 계절(주로겨울)
에만 우울감정이나 불면 등의 증상이
나타나는 정신질환의 하나로, 겨울우울증
이라고도 하며, 봄에는 자연적으로 완화된다.

* 출처 - 임상약어연구회. (2016). 의학 · 간호 약어해설사전. 대광의학.

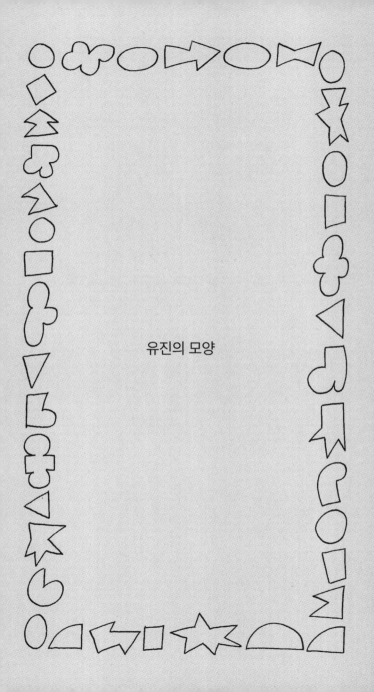

유진의 모양

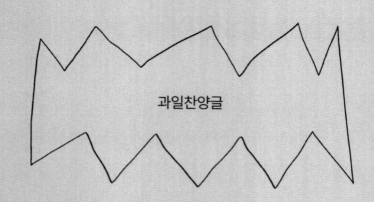

과일찬양글

이름만 들어도 설레는 과일들. 머릿속에 그 새콤달콤한 맛을 떠올리며 꿀꺽 입맛을 다신다. 얼른 누군가의 계절이 돌아와 내 식탁에 놓여 있었으면. 형형색색의 열매를 어루만지며 나는 지금의 계절을 실감한다.

1. 여름

똑똑, 방문에 노크하듯 맛 좋은 녀석을 고른다. 수박은 여름의 문을 두드리는 과일의 이름. 수박이 등장하면 대형 마트에서 매미 소리가 들리기 시작한다. 은근한 더위가 등을 간지럽히는 온도임을 깨닫는다. 아, 이제 여름의 초입에 서있구나. 혼자 들기엔 무거운 그 녀석을 파란 노끈에 실어 너랑 내가, 그녀와 그가, 누군가와 누군가가, 끈의 양 끝을 꼭 붙들고 걸어가는 모습이 얼마나 신나고 애틋해 보이는지. 파랑, 노랑이 엮이고 엮인 그 끈은 초록의 수박을 받쳐주는 여름의 끈. 계절의 순간을 즐기기 위해 함께 힘을 합치는 사람과 사람의 관계의 끈.

수박의 초록색과 빨간색 그리고 검은색의 귀여운 모양새를 구경하다 아삭하게 한 입 베어 물면 엄청난 과즙과 함께 낄낄대던 과거의 어느 날이 밀려온다. 어렸을 적 누구나 한 번쯤 했을 수박씨 던지기, 입가에 붙이곤 맹구 웃음을 지어 보이던 어린 시절의 여름 방학, 씨를 삼키면 배에서 수박이 자란다는 삼촌의 농담, 만화에 나오는 장면처럼 아주 크게 조각을 내어 우걱우걱 베어 먹다 하얀 티셔츠에 붉은 과즙을 와르르 흘렸던 기억, 생전 처음 가족이 아닌 친구들과 수박을 사 본 날.

"야야, 엄마가 소리 큰 게 맛있대."

가위바위보로 짝을 정해 낑낑대며 차가운 계곡까지 들고 걷던 우리.

과일은 오늘의 계절을 추억할 수 있도록 달콤한 순간의 조각을 품고 온다. 어느 날은 네모나게, 또 어떤 날은 세모나게 잘린 수박 조각을 들고 슬며시 떠오를 과거를 기대하며 베어 문다. 곧 여름이 다가온다. 입 안에서 굴려 뱉어낼 검은 수박씨를 오물대본다.

◦

향과 식감, 혀에 닿는 자잘한 씨들의 조곤조곤함이

매력적인 미드 썸머의 과일. 벌겋게 잘 익은 무화과 꼭지에 손가락을 넣고 슥– 쪼개면 조금 해괴한 내면이 부끄럽지도 않은지 적나라하게 속을 드러낸다. 그 요상하게 생긴 알맹이를 가만히 들여다보고 있자면 울긋불긋한 진분홍빛과 부드러운 버터를 발라 놓은 듯 연노란색이 생각보다 사랑스럽게 뒤엉켜 앙증맞은 씨들을 옹기종기 품고 있다. *웨스 앤더슨의 영화가 그림이라면 심술궂은 아이가 놀이터에서 놀다 모래 묻는 손으로 그림을 한 움큼 움켜잡은 모양새가 무화과가 아닐까 생각한다.

 언제는 가을과 겨울 그사이의 과일인 줄 알았건만, 조금씩 시기가 당겨져 이른 여름의 중간에 무화과가 찾아왔다. 애매모호한 이 시기쯤 되면 매끈하고 보드라운 무화과가 다양한 형태로 사람들의 입에 오르내린다. 무화과 케이크, 무화과 휘낭시에, 무화과 어쩌고저쩌고… 하지만 무화과야말로 단독으로 즐겨야 하는 과일 1순위라 감히 얘기해 본다. 유분기 없는 껍질, 수분을 머금은 알맹이. 열심히 씻어 껍질째 베어먹고 싶은 충동을 참으며 칼로 사 등분. 당장 입에 넣어버릴까? 고민하다가 투명한 그릇을 꺼내 옹기종기 담는다. 부드러운 과육이 잇몸에 닿고 껍질 옆의 오묘한 층을 아삭하게 씹어 내린다. 아주 작은 씨가 나름대로 존재감을 뽐내며 오독오독, 혓바닥에 결결이 느껴지는 무화과의 독특한 식감. 코끝까지 차오르는 쌉쌀한 풀과 달큰한 꿀의 맛과 향이 마치 이 계절에 잠시 다녀가는 자신을 절대 잊지 말아 달라는 당부와도 같이 느껴진다.

2. 가을

가을엔 감을 온갖 형태로 즐기는 것이 묘미다. 감이 감일 때 먹으면 종종 입천장이 떨어지지만, 바로 다음 차례의 조각을 입에 넣으면 미끄럽게 혀를 타고 들어와 금세 불편함이 없어진다. 별로였던 찰나를 잊을 수 있게 좋은 순간으로 덮어준다.

나는 감의 홍시 시절을 가장 좋아한다. 고등학생 때까지만 해도 성화 씨가 직접 맛있는 부분을 숟가락으로 듬뿍 퍼 입 안에 넣어 주었다. 우리 모녀는 오독오독한 씨 주변의 과육을 좋아한다. 껍질을 타고 주르륵 흐르려고 할 때 잽싸게 손바닥으로 받쳐 날름 마시는 것도 홍시의 매력이다. 홍시의 하얗고 긴 부분은 변비를 유발한다며 꼭 떼고 주던 성화 씨의 사랑이 문득 떠오른다. 하지만 이제는 혼자서도 잘 먹는다. 언젠가 혼자 집에 있을 때 윤기가 흐르는 먹음직스러운 홍시를 손에 쥐고 성화 씨에게 어떻게 먹는 것이냐며 전화로 물었다. 훌쩍 커버린 딸에게 홍시를 먹여 주는 것이 이제는 무리란 걸 느낀 초보 엄마가 차근차근 가르쳐줬다. 홍시는 우리의 걸음마 같다.

곶감 위로 소복하게 쌓인 달큼한 당분의 결정이 눈 내린 시골집을 생각나게 한다. 열매의 말로를 공손하게 받아 들기 위해 뜨끈하게 물을 끓여 보이차를 함께 준비한다. 감물리 외갓집에 울리는 다락다락 감 깎는 소리를 떠올린다. 처마 끝에 조롱조롱 10열 종대를 지어 먼 산에 느릿느릿 가는 해를 쬐며 지는 밤을 몇 번 세고, 지푸라기 태운 내 섞인 차가운 시골 겨울 공기에 훈훈하게 한 김 말려 오는 곶감. 그럼 나는 고생이라곤 모르는 어린아이처럼 편안히 부엌 의자에 앉아 그저 무던하고 즐겁게 곶감 한 입, 차 한 모금. 박자 좋게 봉지에서 하나씩 꺼내 먹으면 어느샌가 손가락이 하얗게 변해있다. 손끝은 벌써 겨울이구나. 어금니에 붙는 것이 불편해 앞니로 야금야금 베어 먹는 맛, 달고 쫀득한 시간, 찰나가 모여 변화하는 감. 곶감은 지나간 시간이 응축된 결정체.

3. 겨울

불광천 근처에 살 때, 강 건너 작은 동네 과일가게에 자주 들렀다. 서울 물가, 과일 금값이란 말이 무색하게도 저렴하고 질 좋은 상품을 팔던 그곳에서 칠천 원짜리 딸기를 사는 것은 내 퇴근길 루틴이었다. 성격 좋은 젊은 주인에게 딸기가 너무 달다며 인사를 건네는 것도 잊지 않았다.

"좋은 딸기를 저렴하게 팔아주셔서 감사해요."
"매번 딸기 구매해 주셔서 저희가 더 감사해요."
"좋은 딸기 감사해요."
"딸기 구매 감사해요."

서로 거스름돈을 내밀고, 봉투를 받으며 딸기 감사-감사- 인사를 전하는 시간. 투명 플라스틱 사이로 솔솔 삐져나오는 단내를 참지 못하고 코를 바짝 붙여 힘차게 숨을 몰아쉰다. 바쁘게 집에 와 손에 잘 맞는 작은 과도를 쥐고 급한 마음을 달래며 잔잔히 딸기 꼭지를 따는 시간. 칼을 슥, 엄지로 바쳐서 꼭지를 탁, 그릇 위에 툭, 슥-탁-툭, 슥-탁-툭… 규칙적인 박자와 소리를 따라 짧은 시간 단순노동을 하다 보면 바쁜 세상 속 이 순간만큼은 조금 느긋하게 느껴진다. 한 팩만 잘라놔야지 하고는 순식간에 두 팩을 다 손질해 버린다. 채

반 가득 수북이 딸기가 쌓여있다. 마음이 너무 평화로워 그저 히히-하고 웃어넘긴다.

　나는 우유와 달콤하게 갈아 먹는 딸기주스도 즐긴다. 본가에서 늘어지게 주말 잠을 즐기다

　　"딸기 갈아 놨는데~"

하는 한마디면 눈도 덜 뜬 채 여기저기 머리와 발가락을 부딪치며 부엌으로 향한다. 아침잠이 많은 나를 깨우기에 가장 좋은 주문. 딸기와 우유 그리고 꿀이 만들어 내는 한 컵의 황홀한 마법. 내가 갈아 마실 줄 알면서도 꼭

　　"딸기주스 해주면 안 돼?"

하고 물어보게 되는 성화 씨와 기원 씨만의 비슷한 듯 다른 레시피.

○

　귤국에서 살다 온 적이 있다. 고작 8개월가량이었지만 겨울을 끼고 산 덕에 '제주도에선 돈 주고 귤 안 사

먹어'를 운 좋게 경험할 수 있었다. 유일한 간식 복지 귤, 인터뷰를 하고 오면 답례품으로 사무실에 보내주시는 귤, 어느샌가 자리에 놓여있는 귤, 친구가 집에 들고 오는 귤, 어느샌가 가방 안에 있는 귤, 동네에 흔하게 보이는 귤. 나중에는 그냥 준다는 귤도 마다하는 사람들이 더러 있었는데, 나는 질리지도 않는지 매번 야무지게 받아먹으며 귤국의 겨울을 만끽했다. 서울에 이사와 가장 아쉬운 건 공짜 귤의 메리트가 사라졌다는 것. 얼마 전에 도민 친구가 제주 공항 면세점 봉투에 귤을 가득 담아 줘서 아직 유효한 귤 티켓에 뿌듯해했지만, 사흘도 안 돼 해치우곤 결국 마트에서 서귀포산으로 한 박스를 장만했다.

귤은 뜨끈하게 구워 먹으면 단맛이 올라와 더 맛있다는 사실을 알려나? 언젠가 대구의 따뜻한 작업실에서 나, Y 그리고 우리의 선생님과 함께 즐겨 먹던 방법이다. 우리끼리 이 방법을 '귤꿉'이라 부르며 "귤꿉해요!"라고 말하곤 했다. 귤꿉을 위해 기름 냄새가 폴폴 풍기는 흰 난로 위에 옹기종기 귤을 놓아둔다. 두터운 장갑을 끼고 난로 위에서 달콤하게 타고 있는 녀석들을 이리저리 뒤집으면 철제망 모양으로 까맣게 탄 귤 껍데기를 비집고 씁쓸한 귤 내가 솔솔 올라온다. 김이 모락모락 피어오르는 알맹이를 한 입 씹으면 따뜻한 과즙이 터져 나오는데 마치 갓 끓인 고급 과일 차를 마시는 기분이다. 추위에 얼어있던 몸을 싹 녹여주는 차갑고도 뜨거운 겨울의 귤. 그리운 우리의 귤꿉.

　　과일은 사실 귀찮다. 우리는 한 입거리의 행복을 쟁취하기 위해 부지런한 시간을 보내야 하니 말이다. 과일을 식초 물에 담가 뒀다가, 흐르는 물에 헹구어 과도를 꺼내 손이 베이지 않도록 조심조심 껍질 깎기, 열매의 탯줄인 꼭지 자르기, 손톱 끝의 감각을 살려 주욱 주욱 벗겨내는 껍질도 있지만, 단단한 껍데기를 마주하면 평소에 쓰지 않는 힘을 써서 잘라야 하는 순간도 마주한다. 아슬아슬하다. 작은 속을 먹기 위해 이토록 불편한 과정들을 거치지만, 부드럽고 아삭한 속을 베어먹는 순간! 몇 분 전 먼저 먹은 번거로운 마음은 이토록 가볍게 소화되어 날아간다. 사랑스러운 귀찮음, 기대에 찬 불편함. 평화롭고 다정한 일련의 과정.

　　물론, 과일은 우리의 선택에 늘 긍정적으로 응해주지 않는다. 작은 한 입이 우리의 기분을 들었다 놓았다 하기도 한다. 하지만 실패했다고 절망하긴 이르다. 먹는 방법이 다른 방향으로 재밌게 흘러갈 수 있으니. 예를 들면 잼으로 만들기, 그릭요거트에 얹어 먹기 등 여러

가지로 활용이 가능하다. 즐거운 음악의 변주처럼 콧노래를 흥얼거리며 확실한 변화를 모색해 보자. 구매한 과일의 맛이 기대에 미치지 못할 때, 나는 어쩌면 인간이 과일을 즐기는 시간을 조금이라도 더 길고, 소중히 대하도록 하기 위한 과일 단체의 작전에 말려든 건 아닐까 하는 우스운 생각을 하며 새로운 요리법을 연구해 본다.

나는 과일이 너무 좋다. 당이 많아 살이 찐다 해도 과일이 너무 좋다. 나무에 옹기종기 매달려 있는 모습, 그 친구들이 형성한 한 그루의 평화, 끈질긴 생명력, 출처 모를 신비로운 맛의 특징과 당도까지. 우리는 매년 커다란 계절의 메뉴판에서 과일을 골라 기다린다. 아삭아삭 오독오독, 물렁물렁하고 딱딱하고 달콤하고 상큼한 것. 과일은 그립고 수줍고 다정히 저마다의 추억을 꼭 간직한 채 매년 같은 모습으로 우리를 찾아온다. 계절에 계절의 과일을 즐기는 낭만은 시간이 지나도 후회 없이 다른 추억을 맞이하는 방법이지 않을까?

....

* 웨일리 웨일스 앤더슨 Wesley Wales Anderson (1969-) : 미국의 영화 감독, 작가, 배우로 2001년 영화 <로얄 테넌바움>, 그리고 2012년 <문라이즈 킹덤>, 2014년 <그랜드 부다페스트 호텔>로 아카데미 각본상 후보에 올랐다.

영감의 원천

육지인인 나에게 제주는 무한한 영감의 원천이다. 비행기가 활주로에 내리기도 전, 창밖으로 보이는 윤슬 넘치는 바다와 그 사이사이 비현실적으로 떠 있는 배, 누군가 흘린 듯 듬성듬성 솟아오른 오름, 바람에 여유로이 나부끼며 광합성을 하는 야자수 나무, 배차간격이 불분명한 제주의 시내버스조차 나에겐 지금 당장 글을 쓰라며 세상의 아름다움을 알려주는 *메리 올리버의 손짓 같았다. 주기적으로 가는 동복리의 게스트 하우스에선 모든 생각의 흐름을 차단한 채 등대 불빛에 의존하여 밤바다 부둣가를 산책하곤 했다. 그곳을 걸을 때면 알 수 없는 심연, 그 끝으로 빠지고 싶었다. 밤낚시를 즐기는 낚시꾼을 흘낏흘낏 쳐다보며 어둠 속에서 낚을 그들의 안줏거리를 상상하는 것이 내가 이곳에서 하는 최대의 고민이었다. 그렇게 나는 제주에서 수많은 글을 써냈고 이는 나를 제주로 이주시키도록 돕는 비행기 표가 되었다.

제주도 첫 터전은 아라일동 구산마을로 자리했다. 수기로 작성한 마을 알림이 붙어있는 오래된 마을회관을 지나 누구의 간섭도 없이 자유로이, 또 무성히 자란 나무와 덩굴이 살고 있는 벌판을 가로지른다. 조용하고 잔잔한 마을에선 그 누구도 빠르게 움직이지 않는다.

느릿하게 차를 운전하거나 손을 잡고 천천히 그들의 안식처까지 걸어간다. 내가 사는 곳은 동네 골목 끝에 있는 주황 지붕 옥탑방이다. 세모난 천장, 손이 가까스로 닿는 위치에 기다란 직사각형 창문이 있다. 그 창문을 통해 내 집에 신의 가호를 내려주듯 햇살이 내리쬐고 부엌 옆의 창 밖으로는 한라산이 굳건히 자리 잡아 수호신처럼 나를 바라보고 있다. 종종 30분 일찍 일어나 나무 의자를 들고 창가에 앉아 한라산을 본다. 허벅지 깊게 내린 아침 햇살의 어루만짐 위로 사이좋게 손을 포개고 물 얼룩이 진 스노우피크 컵에 우유를 따라 마시는 일상의 시작을 좋아한다.

이 집을 선택한 가장 큰 이유는 옥상이다. 집 대문을 열고 세 걸음을 걸으면 옥상이 있다. 옥상 문을 열고 나가 왼편을 보면 하늘과 바다가 맞닿아 끝없는 수평선을 그리고 있고 그 위로 하루에도 수십 대씩 누군가의 목적과 설렘을 실은 비행기가 뜨고 내린다. 담장에 상체를 기대어 턱을 괴고 각자 다른 사유의 움직임을 관찰하며 타인으로 제주에 왔을 때랑 또 다른 마음으로 사고해 본다. 여행객을 향한 조금 유치하고 교만한 마음의 소리를 듣다가, 몸을 반대편으로 돌리면 한라산의 완만한 능선이 백록담까지 이어지고 안온한 삶의 동선을 그리듯 부드럽고 유연한 모습을 자랑하고 있다. 날씨가 아주 좋은 날에는 알록달록한 나뭇잎이 모여 만든 경이로운 산봉우리까지 볼 수 있다. 저 멀리 이름 모를 오름들도 각자의 존재감을 뽐내며 내가 사는 이곳이 제주도임을 시시때때로 상기시켜 준다.

나는 아침에 한 번, 노을 질 때 한 번 그리고 늦은 밤에 옥상 가는 것을 좋아한다. 옥상은 제주를 담은 미술관이다. 하루하루 새로운 전시가 마련된 나만의 미술관. 저 멀리 바다 끝부터 물드는 태양의 퇴근길을 따라 한라산 봉우리 저편에선 인디고블루의 어둠이 천천히 내려오고 있다. 가끔 제주는 분홍빛 하늘을 보여주고 가끔은 주홍빛 하늘을 보여준다. 그 사이를 가로지르는 비행기의 하얀 비행운은 나에게 글을 쓰라 일러주고 나는 예전과는 다른 다채롭고 평화로운 글을 쓸 수 있게 된다.

마을을 걷다 보면 흑색의 돌이 서로의 피부를 맞대고 기나긴 숨을 내쉬며 문지기의 역할을 하고 있다. 구멍 송송 뚫린 진회색 돌들을 눈으로 한 번 살피고 팔과 다리를 세차게 흔들며 구불구불 돌담길을 걸어 나가면 작고 예쁜 동네 중심가가 나오는데, 벌써 이곳에 적응하여 꽤 활용을 잘하고 있다. 가장 애정하는 곳은 하루의 끝에 몸과 마음을 수련하러 가는 동네 요가원이다. 여러 도반님들과 차를 마시며 땀을 흘리면 어느샌가 약해졌던 나의 마음이 많은 사람들의 애정과 사랑 그리고 집중과 챠크라로 인해 점점 회복되고 평정심을 찾아가는 것을 느낄 수 있다. 낯설었던 수련이 이제는 일상으로 자리 잡아 그들도 나를 기다리고 나도 그 시간을 기다리는, 마치 태어날 때 부터 해왔던 일상의 수련처럼 유약한 나를 굳건히 지탱해 주는 하나의 하루 루틴이 되었다. 마지막 사바아사나를 하며 가만히 생각한다. 사건, 사고 없이 평생 이런 일상을 보내면 좋겠다-고.

　　겨울이 사뭇 가까워진 해 질 녘 제주의 오로라 같은 노을을 가만히 바라보고 있으면 주변에서 동료들의 웃음소리가 들린다. 앞으로도 그럴 것이다. 사랑하는 일상을 끝까지 지켜낼 수 있는 지구력을 길러 언제까지나 매일의 일상을 이렇게 글로 쓸 수 있으면 좋겠다. 무한한 영감의 원천 제주도에서.

2022년 10월 23일 오전 1:00

....

* 메리 올리버 Mary Jane Oliver (1935-2019) : 미국의 시인으로 내셔널 북 어워드와 퓰리처상을 수상했다. 대표작으로는 <천 개의 아침>, <완벽한 날들>, <휘파람 부는 사람>, <긴 호흡>등이 있다.

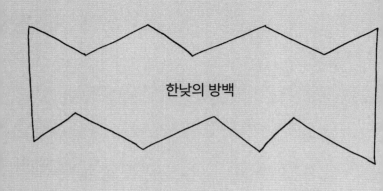

한낮의 방백

일어나서 느릿하게 눈곱을 뗀다. 눈이 잘 떠지지 않는다. 왼쪽으로 돌아누운 몸을 바로 뉘어 얼굴 위로 내리쬐는 낮볕을 느낀다. 깊은숨을 내쉰다. 모든 전의를 상실한 사람처럼 천장을 바라본다. 텅 빈 시간을 어떤 행동으로 메꿀지 생각한다. 아니 생각하지 않는다. 다시 눈을 감았다, 뜬다.

여름엔 ㄱ자의 창 옆에 침대를 둔다. 오전의 햇빛에 땀을 뻘뻘 흘리며 깨어난 나는 눈도 덜 뜬 채 끈적한 몸을 달래려 시원한 물로 샤워한다. 간밤의 울음을 상쾌하게 씻어 내는 기분이 든다. 땀을 어찌나 흘렸는지, 가끔은 악몽을 꾼 듯한 아침이다. 식은땀인지 더워서 나는 땀인지 분간이 어렵다. 하지만 여름 아침은 퍽 힘들기에 상황 판단이 안 서는 자신에게 오히려 감사한다. 그럼에도 몸을 감싸는 빛의 열기로 기상하는 기분이 좋아서 창가 자리를 고수한다. 여름 볕은 온몸을 쓰다듬고 격하게 안아주며 혈관 속 피를 바쁘게 돌게 한다. 살아있음을 느끼게 해준다.

낡은 캡 모자에 또각대는 단화를 신고 어느샌가 집 밖에 나와 있는 나. 주위를 둘러본다. 하늘은 높고 파랗다. 새가 지저귄다. 할머니들이 소곤거린다. 차가 다리 밑에서 빠져나온다. 근처 정류장에 버스가 정차했다가 출발한다. 멍하니 멈춘 11자의 발을 떼어 조심스레 움직인다. 동네를 걸어보자.

　오늘의 공기는 솜사탕의 향, 보랏빛과 푸른빛의 색. 꿈틀꿈틀 알 수 없는 형태로 만들어져 하루를 가로질러 가는 바람. 조용히 심호흡한다. 근처 천으로 향하는 발걸음을 비춰주는 몇 가닥 줄기의 빛. 그 빛을 따라 동네 사람들의 얌전하고 왁자지껄한 일상 소음이 귓가에 슬며시 머물렀다 간다. 발밑으로 찰랑대는 여름의 그림자가 흩날린다. 무더운 태양 아래 힘겹게 한 발 한 발 내딛다 보면 저 멀리 푸른 산봉우리가 맑고 뚜렷하게 보인다. 언젠가 오래전 여름에 느낀 것과 비슷한 경외심을 가진다.

　집 앞 천에는 각자의 목적을 가지고 산책하는 사람들의 행렬이 이어진다. 수많은 인파 속에선 이름을 가진 존재가 아닌 그저 행인 1이 된다. 그렇게 걷다 보면 나를 지나친 2와 3이 궁금해진다. 어디서 왔는지, 서로의 관계는 어떻게 되는지, 직업은 무엇인지, 그럼 나는 눈앞의 폭포를 바라보며 머릿속으로 그들의 삶을 지어낸다.

저들도 나에 대해 상상할까? 내심 그래 주길 바라는 걸지도 모르겠다. 물길이 스치는 징검다리를 건너 허브 동산으로 간다. 봄에는 꽃으로 뒤덮인 꽃동산이었는데 여름엔 향 좋은 허브가 심겨 있다. 시원한 개울물이 흐르고 한창의 녹음을 품은 나무가 머리 위로 은혜로운 그늘을 만들어준다. 땀을 실실 흘리는 젖은 티셔츠를 방관한다. 아직 더 걷고 싶으니, 좀 참아줘. 네가 덥다 한들 내가 건조대에 널어주지 않으면 마르지 못할 한낱 천 쪼가리니까. 벌거숭이를 면하게 해준 감사함은 잊은 채 자신만만하게 건방진 걸음을 옮긴다.

　조금 더 올라가면 작은 야외 도서관이 나온다. 거기 앉아 진득한 걸음 먼지가 묻은 책을 구경한다. 어디서 흘러와 여기 정착하게 된 건지 그 연유가 너무 궁금하지만, 책은 말이 없지. 무지개 물고기 이야기, 잊힌 시인의 작품, 사라진 정치가의 자서전. 맥락 없는 이야기가 모여 사는 집을 찾는 이는 나뿐이다. 이곳을 보고 있자면 어쩐지 현대 사회의 고독이 떠오른다. 외롭다. 추운 산바람을 맞으며 읽히지 못하고 꽉 끼어 살아가야 하는 삶이 애처롭다. 어쩌면 외롭지 않다. 동병상련의 존재가 한 데 모여 있으니, 살을 맞대는 것만으로도 큰 위로가 될 터. 빽빽하게 서로의 표지를 붙이고 서있으면 땀띠가 나지 않을까? 그래도 겨울엔 서로 비비며 춥지는 않겠다. 유진아, 누가 누굴 걱정하니. 누구-도 아닌 무엇-의 사물을 인격화하여 지나친 망상을 하고 있자니 티셔츠가 조금 말랐다.

산책로로 다시 걸음을 옮겨 지나친 폭포를 마주한다. 처음 이 인공 폭포를 보았을 때 들었던 거부감은 온데간데없이 사라지고 가짜가 주는 이질적인 만족감에 대해 생각한다. 서울은 용한 곳이구나. 이런 장관을 만들어 내다니. 어렸을 적 태어나서 처음 본 진짜 폭포에 대해 생각한다. 그때 느꼈던 경외심보다 지금, 이 가짜 폭포를 보고 느끼는 감동이 더 큰 것은 왜일까. 이제 가자. 고개가 자꾸 뒤로 돌아갔지만, 언제든지 볼 수 있는 풍광에 덧없는 그리움을 남기지 않기로 한다.

근처의 동네 토스트 가게가 눈에 밟힌다. 잠시 고민하다 목적지가 원래 그곳이었던 사람처럼 자연스레 향한다. 내 허기짐은 2,700원에 해결할 수 있는 별거 아닌 값싼 것. 김이 나는 비닐봉지를 핸드백처럼 팔에 끼고 천을 따라 줄지어진 의자들에 천천히 다가간다. 장단점을 따져가며, 비교해 가며, 앉을 자리를 까다롭게 고르는 부자인 척해 본다. 삐걱대긴 하지만 쿠션이 빵

빵한 나무 의자, 너로 정했다. 근데 넌 어느 집에서 왔니?

모든 이, 모든 것에게 갖는 시작에 대한 물음. 길가에 놓인 출처 모를 의자에 지친 궁둥이를 붙인 채 점심 식사를 준비하는 나. 토스트 한 입을 베어 무는 것이 신호다. 지나가는 사람을 관객 삼아 나는 계속해서 한낮의 방백을 연기한다. 시-작.

긴 견생을 살고 있습니다.

안녕하세요. 정둥이입니다.

제 존재를 모르시는 분들을 위해 간략히 소개하겠습니다. 우선 저는 강아지입니다. 이 글을 쓴 사람이 제 누나예요. 생물학적으로 남자고요. 지금은… 뭐, 예, 없습니다. 무엇인지는 굳이 말하지 않아도 다들 아시겠죠? 그렇다고 조선시대 내시가 남자가 아니라 말할 순 없지 않습니까. 그러니 저는 남자입니다. 둥이라는 이름은 엄마가 지어줬어요. 지금은 갈색 털이 함께 섞여 있는데, 아기 때는 새하얀 털이었다고 합니다. 여러가지 후보군이 있었지만, 저를 데려온 엄마가 제 생김새를 따 '흰둥이'라는 이름을 강력하게 주장했대요. 흰둥이가 싫었던 누나와 형은 타협점으로 '둥이'를 제시했고, 그렇게 제 이름은 둥이가 되었습니다. 귀염둥이, 이쁜둥이, 흰둥이, 둥둥이 등 다양하게 활용할 수 있는 좋은 이름이라 생각해요. 품종은 딱히 없어요. 누구는 스피치를 닮았다 하고, 누구는 웰시코기를 닮았다고 합니다. 저를 낳아준 엄마는 누군지 모릅니다. 아빠는 당연히 모르고요. 제 출신을 알지 못하니 제가 누군지 명징하게 말씀드리기가 어렵네요. 사실 청소년 시절엔 참 궁금했습니다. 다른 애들은 시츄다, 포메라니안이다− 정의 내릴 수 있지만 저는 어렵잖아요. 지금은 시고르자브종(시골잡종)이라 말하면 되니 조금 편하긴

합니다. 하지만 이 단어를 알기 전에는 산책하다 마주치는 제 종자에 대한 질문의 순간이 싫었습니다. 이제야 고백하지만 저는 도망가고 싶었습니다. 고모나 누나가 할 대답이 부끄러워 낯선 이의 눈을 제대로 마주치지도 못했어요.

　　"어머, 예뻐라. 무슨 종이에요?"
　　"감사합니다. 호호… 그냥 똥개예요~"

똥개라… 인간의 말을 전부 이해하긴 힘들어 똥개가 누군진 모르지만, 저도 똥이 뭔지는 안다고요.

　아무튼, 여러분이 갓난아기 시절은 기억하지 못하듯 저도 꼬물거리던 때는 영영 기억나지 않습니다. 태어난 날을 추정해 보면 아마 가을이었고, 이 집으로 오게 된 날은 2007년 12월 27일입니다. 누나와 형이 날짜를 똑똑히 기억하고 있더군요. 제가 사는 이 집 어딘가에 제가 온 날을 연필로 써뒀다고 해요. 지금은 세월이 꽤 지났으니 바래져 지워졌을지도 모르겠습니다. 흠, 오늘이 2023년 11월 16일이니, 약 16년이 흘렀군요. 저는 7kg이 되지 않는 소형견으로 나이 계산을 해보면 80살 정도로 추정됩니다. 한창 홍시와 고구마를 먹을 땐 5kg 후반까지 나갔는데, 지금은 5kg 정도일 것 같아요. 나이가 나이인지라 심장이 영 좋지 않아 간식을 많이 줄였습니다. 다들 건강 조심하세요. 먹고 싶은 음식을 참아야 하는 것만큼 고통스러운 일이 없어요. 원 없이 홍시를 먹던 그때가 그립네요.

제가 이 가족에 합류하게 된 경로는 이러합니다. 저는 엄마 지인분의 가게에서 태어났어요. 저를 낳아준 엄마를 기르시던 분이 지금의 엄마께 혹시 강아지 키울 마음이 있느냐 물었대요. 그때 엄마가 무슨 결심이 섰는지 알 순 없지만 저를 보러 왔어요. 제가 세상에 나온 지 두 달쯤 되었을 때래요. 젖을 제대로 먹지 않아 형제 중 가장 몸집이 작았고, 무리에서 소외되어 있었다고 합니다. 엄마는 그런 제가 가장 안타까워 보였대요. 그렇게 저는 품에 안겨 지금 가족에게 입양을 오게 된 것이지요. 그날은 아마 가족들에게도, 제게도 크리스마스 선물 같은 하루였을 겁니다. 저는 그들에게, 그들은 저에게 그런 만남이니까요. 아, 제게는 기적 같다 칭해도 과하지 않겠네요. 지금까지 따뜻하고 푹신한 방석에 누워 남부럽지 않게 안온한 견생을 보낼 수 있으니까요. 엄마께 새삼 감사의 인사를 드리고 싶습니다. (꾸벅)

이 가족에 합류하자마자 많은 관심과 사랑을 받았고, 받고 있습니다. 새벽마다 울어대는 저를 보살피느라 누나와 형이 잠을 설치고, 고모는 갖가지 화려한 옷들을 사 왔습니다. 아빠는 저를 보기 위해 술 약속에서 일찍 빠져나왔고, 엄마는 계단에 앉아 이쁜 목소리로 제 이름을 마구마구 불러주었어요. 모두를 너무 사랑하지만, 사실 저의 제일 친한 친구는 할머니예요. 지금도 서로의 등을 딱 마주 붙이고 누워있는걸요. 할머니의 외출 목적은 주로 산책, 경로당 그리고 병원이에요. 가끔 절에도 다녀오시죠. 다른 가족들과 다르게 아주 느릿느릿 도어락의 비밀번호 소리가 들리면 그건 할머니입니다. 문 여는 속도도 느려 제가 현관문을 세차게 긁어대며 재촉해요. 저는 참을성이 부족하거든요.

  "기다려, 기다려라!"

애정 가득한 호통을 두어 번 치시곤 꼬리를 흔들며 앉아있는 저를 반쯤 안아 드십니다. 다른 가족들처럼 번쩍번쩍 들어 올리지는 못하세요. 제가 이래 봬도 어린 시절엔 무게가 좀 나갔으니 연로하신 할머니께는 무거웠을 법도 하죠. 제 앞 다리 사이에 손을 끼워

"우리 둥이, 둥둥이, 예쁜 둥이, 귀염둥이"

하곤 내려주십니다. 할머니만의 인사법이죠. 요즘은 못 들은 지 꽤 됐네요. 저도 체력이 안 돼서 크게 반기지 못하거든요. 누가 온 것도 모른 채 자는 날이 대부분입니다. 아유, 할머니는 보청기라도 끼시지. 저는 영 안 들려요, 요즘은.

제 견생이 마냥 달콤했던 것만은 아닙니다. 저도 유배라는 것을 당해본 적이 있거든요. 쌀쌀한 날로 기억해요. 사실 썩 좋지 않았던 일주일이라 떠올리고 싶지 않지만, 제 견생에서 큰 사건이었기에 한번 되짚어 보겠습니다. 바야흐로 15년은 더 된 케케묵은 이야기입니다. 제게도 온 집안을 들쑤시고 다니던 어린 시절이 있었습니다. 어쩔 수 없었어요. 비록 지금은 터그놀이 몇 번이면 숨이 금방 차지만 당시엔 몸에 힘이 넘쳐났거든요. 이빨은 얼마나 간지럽던지... 혈기 왕성할 때니 눈에 보이는 온갖 걸 물어뜯었습니다. 문 열린 방은 저만의 화장실이었어요. 가끔 제 쉬나 응가를 밟고 경악하는 가족들을 볼 때면 껄껄 웃다가도 혼날세라 침대 밑으로 부리나케 도망갔습니다. 물론, 저는 충분한 배변훈련을 통해 어디에다가 볼일을 봐야 하는지 자

알 알고 있는 늠름한 강아지였어요. 하지만 심심한 낮이나 가끔 가족 모두가 외식을 나가는 저녁에는 저도 모르게 심술궂은 마음이 생겨났어요. 노상방뇨 문제로 얼마나 많이 혼났는지 모르겠습니다. 누나가 침대 밑으로 도망간 저를 혼낼 때면 지지 않고 말대꾸를 했습니다. 저도 할 말이 있었거든요. "나도 데려갔으면 이럴 일은 없었을 거야!" 물론, 누나는 못 알아들었겠죠?

저는 몸집이 커지며 식욕도 왕성해졌고 사람이 먹는 음식에 대한 궁금증이 생겨났어요. 높고 먼 식탁은 미지의 세계였죠. 머리 위에서 너무 좋은 냄새가 나는데, 가족들도 아주 함박웃음을 짓고 있는 거예요. '도대체 뭘까? 내 밥에서는 저런 냄새가 안 나는걸…' 그럴 때마다 고모가 앉은 자리로 가 제가 할 수 있는 최대한으로 불쌍한 표정을 지어 보였습니다. 그러면 콩이나 브로콜리 하나씩 얻어먹거나, 운이 좋은 날에는 고기가 특식으로 내려왔어요. 뜨겁고, 부드럽고, 기름진 천국의 맛. 저는 돌이킬 수 없는 강을 건넌 것입니다. 말라비틀어진 사료 따위가 눈에 들어올 리 없었죠. '더! 더! 더! 새로운 음식을 먹고 싶다!' 그러던 어느 날, 집 안 구석구석 은색 그릇에 검은색의 처음 보는 음식이 가득 담겨있었습니다. 낮에는 보는 눈이 많아 흘깃흘깃 곁눈질로 무엇인지 쳐다보기만 했죠. '왜 여기다가 음식을 둔 거지? 저건 무슨 음식일까? 무슨 맛이지? 음~ 달콤하고 짭짤한 냄새.' 그 냄새는 하루 종일 저를 유혹했고, 저의 계획은 모두가 잠든 새벽을 노리는 것 이었어요. 할머니가 쿨쿨 주무시는 방에서 슬쩍 빠져 나가 미리 봐둔 현장으로 갔습니다. 무엇인지 모르겠 지만 일단 먹어보자! 한 입을 왕– 물었을 때, 동글동글 한 것들이 씹히며 입 안에서 부드럽게 뭉그러졌습니 다. 냄새랑 똑같은 달콤, 짭짤한 맛이었어요. 눈이 번 뜩 뜨인 저는 한 그릇을 배부르게 해치우곤 도로 잠을 청했습니다. 아주 완벽한 범행이었죠. 이런 맛있는 음 식을 사람들만 먹다니, 흥. 저도 충분히 잘 먹을 수 있 단 걸 보여주고 싶었어요. 혓바닥으로 깔끔하게 설거 지까지 했으니 완벽한 범행이었어요. 처음부터 여기엔 빈 그릇이 놓여 있었던 겁니다.

"엄마야! 이 팥죽 한 그릇이 어딜갔노?"

동이 트자마자 집은 발칵 뒤집어졌어요. 입가에 잔뜩 묻은 팥? 팥죽? 하여튼, 그 흔적과 동그랗게 불러버린 배로 모두 제가 범인임을 확신했죠. 말씀드린 사건을 포함해 이런저런 일로 저는 마당이 있는 감물리 시골 외갓집으로 유배가 확정되었습니다. 지금 생각해 보니 에너제틱한 제가 그곳에서 뛰어노는 게 더 좋을 것이라는 가족들의 판단이지 않을까 싶어요. 하지만 그땐 너무 어려 알지 못했어요.

집에서 시골까지 차를 타고 가는 길은 험난했습니다. 차가 익숙하지 않은 터라 몇 번을 게워 냈는지 모르겠어요. 비몽사몽 의식이 흐릿흐릿, 너무 힘들었어요. 비틀대며 내린 외갓집, 낯선 공간, 차가운 날씨. 모든 게 적응되지 않는 저는 그때까지만 해도 절 여기 왜 데리고 온 건지 영문을 알지 못했어요. 그저 얼른 쉬고 싶었죠. 물을 허겁지겁 마시곤 마당을 천천히 둘러봤어요. 집으로 들어가지 않고 연신 저를 미안한 듯 바라보는 가족들의 표정을 알아차리지 못한 채 말이죠. 집에 가려나 보다! 얼른 따뜻한 방석 위에 앉아 쉬고 싶었어요. 꼬리를 세차게 흔들며 대문으로 향하는데 누군가가 저를 번쩍 안아 들었어요. 외할머니였어요.

"잘가래이~ 둥이도 인사해야지."
"둥아 잘 있어야 해"

저는 어리둥절했어요. 이게 무슨 일이야, 우리 집은 여기가 아닌데? 저는 크게 울었어요. 하지만 멀어지는 그들을 쫓아갈 수 없었습니다. 저의 유배 생활은 그렇게 시작되었죠. 집 안에서 생활하던 저는 바깥이 낯설었어요. 어두운 밤이 되면 춥고 무서웠죠. 날마다 목청 놓아 울어도 가족들은 저를 데리러 오지 않았어요. 밥은 훨씬 맛있게 나왔지만 별로 먹고 싶지 않았어요. 외갓집에서 쑥쑥 큰 저는 하얀 털 사이를 비집고 갈색 털이 자라났고, 짧은 입은 어른처럼 쑥 길어졌어요. 우리 가족은 제 갈색 털이 자라나는 것을 보지 못했어요. 외할머니는 제가 추울까 봐 늘 아궁이에 불을 때주셨어요. 차츰 시골 생활이 익숙해져 숯 검댕을 묻힌 채 마당을 돌아다녔습니다. 하지만 가족에 대한 그리움은 사라지지 않았어요. 버려진 걸까? 나를 보러 올까? 내 걸음이 느려서 가족들을 놓친 걸까? 많은 생각을 했습니다. 나중에 들은 바로는 제가 집에 없는 동안 누나와 형이 많이 울었대요. 아빠도 엄마도 고모도 할머니도 모두 모두 슬퍼했다네요.

일주일이 어떻게 지났는지 모르겠어요. 아궁이 옆에 앉아 날아다니는 새를 멍하니 쳐다보고 있었습니다. 그때 녹슨 파란 대문이 열리며 손님이 왔어요. 아빠와 누나였어요. 귀신을 마주한 것 같았어요. 저는 벌떡 일어나 3초간 멍하니 서 있었어요. 곧이어 눈물이 터져 나왔어요. 정신없이 누나에게 달려가려 했지만, 목줄이 짧아 닿을 수 없었어요. 뺨으로 주룩주룩 눈물이 흘렀어요. 고요한 시골을 울리는 울음소리, 바닥에 긁히는 발톱 소리. 누나가 다가와 저를 안아줬어요. 오랜만에 맡는 집의 냄새에 안정이 될 법도 한데 저는 쉴새 없이 몸을 흔들었어요. 심장이 쿵쾅쿵쾅 뛰어 가만있기 힘들었거든요. 누나의 얼굴도 핥고 싶고, 아빠에게도 가고 싶고, 나를 다시 데려가면 안 되는지, 왜 나를 여기 두고 간 건지, 왜 이제야 온 건지, 다른 가족들은 어디 있는지, 묻고 싶은 게 너무 많았어요. 누나는 제 눈가를 엄지손가락으로 쓱 닦아주고는 목줄을 풀어줬어요. 그리고 품에 안아 몇 번이고 귓가에 대고 속삭였어요. 미안하다고요. 비가 오는 날도 아닌데 제 이마 위론 끝없이 물방울이 떨어졌어요. 오랜만에 듣는 심장 소리. 저는 졸려서 스르르 눈을 감았어요. 매슥거리는 속을 안고 눈을 떴을 때 거짓말처럼 저는 집에 도착해있었어요.

제 견생은 저 일주일 이후로 아주 평화롭게 흘러가고 있습니다. 별다른 사건도 없고요. 나이가 들면서 몸이

쇠약해지는 것을 제외하곤 잘 먹고, 잘 싸고, 가끔 고모 집에 하룻밤 자고 오거나 하는 평화롭기 그지없는 날을 보냈죠. 물론, 다른 개들처럼 원치 않는 미용이나 병원을 가야 할 때도 있고, 좋지 않은 변을 보거나 구토도 종종 해요. 그래도 이 정도면 꽤 행복하다 자신 있게 말씀드릴 수 있겠네요. 요 몇 년간은 심장이 안 좋아져서 숨쉬기가 힘들더라고요. 헐떡이는 저를 데리고 급하게 병원에 가던 고모와 누나가 생각납니다. 차디찬 바닥에 강제로 눕히고 강압적으로 제 입에 무언갈 씌우던 아저씨도요. 공포감에 엉엉 울던 저를 달래는 그 둘의 표정이 좋지 않아 눈치를 많이 보긴 했습니다. 그날을 기점으로 조금만 뛰어도 기침이 나요. 관절이 아파서 앉는 것도 힘이 듭니다. 아야야… 하긴, 저도 인간 나이로 여든이나 되었으니 당연한 삶의 순리겠죠. 그래도 요즘 약이 잘 나와요. 간식으로 위장을 잘하더라고요? 다들 제가 모르고 받아먹는 줄 아는데, 저도 다 압니다. 먹을 만하니까 먹는 거예요.

날이 상당히 추워졌어요. 저는 따뜻하고 보드라운 방석에 누워 있는 시간이 늘었습니다. 노곤하게 꾸벅꾸벅 졸고 있으면 가족 중 한 명이 제 몸 위로 이불을 덮어줘요. 주로 할머니죠. 외출이 줄어든 저는 이제 가족들의 옷차림, 창밖으로 보이는 나뭇잎 숫자로 바뀌는 계절을 알아차려요. 우수수 많이도 떨어졌네요. 바스락 밟히던 나뭇잎의 촉감이 슬슬 잊혀가고 있어요. 발바닥 살을 거칠게 매만지던 모래와 강하게 풍기던 강바람의 냄새. 우다다 비둘기 무리를 향해 뛰어가면 푸드덕 날아오르던 모습. 언젠가 세차게 뛰는 걸 좋아하던 저는 산책하러 나가면 털에 차가운 바람과 가을의 낙엽, 사람들의 관심 그리고 애정이 어린 인사를 가득히 묻혀 오곤 했습니다. 한 발짝 내디딜 때마다(과장을 조금 보태자면) 모든 사람이 저를 보며 눈이 휘어지게 웃어주는 관심을 받고 자랐더랬죠. 그들의 목소리 톤은 꽤 높았고, 모든 말을 이해하진 못했지만, 저를 해치려는 의도가 없다는 것 정도는 알 수 있었어요. 그러면 저는 세차게 발을 더 흔들고 꼬리를 치켜세우며 걸을 뿐, 가족 외의 사람에게 받는 사랑과 관심에 익숙지 않은 저여서 크게 반응하진 않았습니다. 자주 가는 운동장에 도착해 온전하게 혼자 달릴 수 있는 기회가 생기면 원 없이 웃으며 모래바람을 일으켰습니다. 저를 잡으려 고모가 퍽 힘들었을 거예요. 누나는 집에 다 와가는 그 순간까지 저를 못 잡았으니까요. 하하

많은 것이 변했습니다. 함께 산책하던 누나는 어느샌

가 집을 떠나 1, 2주, 길면 3주 뒤에나 얼굴을 볼 수 있었어요. 저는 단순한 이별의 사유도 제대로 이해하지 못하는 존재예요. 그렇게 갑작스레 나를 사랑해 주고, 양치를 시켜주며 종종 낮잠을 자던 친구와 헤어졌고, 가끔 그의 냄새가 남겨진 텅 빈 방을 들락대며 그리워한다는 소식을 타인의 입으로 전할 뿐이었습니다. 그것이 제가 할 수 있는 최대한이란 걸 이젠 알아요. 요즘은 몇 개월에 한 번씩 볼 수 있습니다. 최근에 집에 왔을 땐 가물가물하더라고요. 누나를 보고 몇 초간 멍하니 있었습니다. 아니, 잊어버린 게 아니라, 눈도 잘 안 보이기도 하고 누구더라..? 잠시 생각한 거예요. 얼마 안 가 형아도 꽤 긴 시간 집을 비웠습니다. 몰래 들어가 쉬를 하던 형아의 방문은 굳게 닫혔어요. 누군가 노발대발 저를 쫓아오는 일은 거의 없어졌죠. 가끔 그 앞에 서서 움직이지 않는, 저는 만질 수 없는 문고리를 올려다보곤 합니다. 저는 아직 이 남매와 떨어져 살아야 하는 이유를 이해하지 못합니다. 어쩌면 영영, 제가 이지구를 떠나 강아지별로 갈 때까지 모르는 채 살 것 같다는 예감이 들어요. 다들 각자 사유가 있겠죠? 제 견생에선 이렇다 저렇다 할 큰 설명이 없어서 다행입니다. 강아지는요, 그런 게 없는 게 나아요. 가슴 아픈 사연을 품지 않는 것이 좋은 것 같아요. 세상 모든 강아지, 고양이 친구들이 보금자리까지 가게 된 사연이 구구절절하지 않았으면 하는 바람입니다. 그냥, 다들 따뜻하게 태어나 포근한 보살핌을 받다가 지금의 주인을 만나게 된 것이면 좋겠어요. 그런 날이 오려나요?

제가 얼마나 살 수 있을지 가늠할 수 없어요. 오늘내일할 수도 있겠죠? 하지만 지금까지 그 정도의 고통은 없기에 부처님께 감사드리며 지내고 있습니다. 가끔 새벽에 할머니가 중얼중얼 외시는 불경 소리가 들리면 실눈을 뜨고 가만히 듣고 있어요. 저도 나름 기도할 것들이 있어서 말이죠. 흠흠, 우선 우리가 일찍 떨어지지 않게 해주세요. 가족들이 아프지 않게 해주세요. 멀리 떨어진 누나와 형이 무탈하고 평화롭게 지낼 수 있게 해주세요. 다들 울지 않게 해주세요. 아, 다른 데는 아프되 부디 치매는 오지 않게 해주세요. 사실 비밀인데 지금도 조금 힘들어요. 배변 패드가 어디 있는지 너무 잘 알거든요? 저도 잘 아는데… 자꾸 이상한데 용변을 보게 돼요. 문득 알아차리면 그래요 미안해요. 그래도 아빠, 엄마 그런 저를 너무 혼내진 말아주세요. 헤헤… 그리고 저 때문에 남겨진 가족이 힘들지 않게 해주세요. 부처님, 제가 조금 욕심이 많죠? 근데 저를 포함한 모든 반려동물이 비슷한 소원을 빌고 있을 거라 여기

시면 그렇게 힘들지도 않으실 거예요.

아, 이럴 줄 알았으면 좀 더 나란히 걸을 걸 그랬어요. 앞장서지 말고 발맞추어 걸을 걸 싶네요. 뒤돌면 보이던 가족의 표정을 곱씹어 봅니다. 저를 쳐다보던 사람들의 표정을 떠올려 봅니다. 조금 졸리네요. 녹슬어가는 제 하네스가 갑자기 생각나요. 오늘 꿈에선 신나게 달릴 건가 봅니다. 보고 싶은 얼굴이 많아요. 언젠가, 우리는 모를 헤어질 순간이 다가오면 그때만큼은 그리운 사람을 다 볼 수 있으면 좋겠습니다. 작지만 큰 저라는 존재를 기꺼이 감내해 주셔서 감사해요. 벌써 2024년이라니… 저는 17년이라는 긴 견생을 살고 있습니다만, 욕심부려서 앞으로 조금 더 살아볼까 해요. 이 글을 다 읽으셨으면 저에 대해 많은 것을 아셨겠네요. 먼 훗날 우리가 우연히 마주친다면 꼭 아는 척 해주세요. 제가 누구냐고 물어보면 가만히, 천천히 손등을 내밀어 주세요. 그러면 힘을 내서 반겨드릴게요. 그럼 저는 이만 꿈나라로 떠납니다. 안녕히. Zzz…

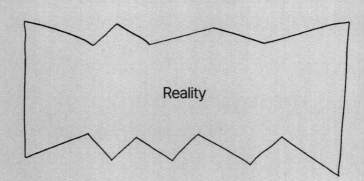

"사랑해"라는 말은 참 어렵다. 굳이 말하자면 "사랑해"의 '사'자가 발음하기 쑥스러워서 나는 '따' 혹은 '타'로 발음한다. 예를 들면 "따랑해" 라던가 "타랑해"로 발음하는 것이다. 이는 평소 메말랐던 애교를 부리기 때문에 매력 포인트 플러스 10점이 추가 부여되는 장점까지 지니고 있어 꽤 좋은 스킬로 통한다. (아마도)

종종 '사'를 넘어서 '사랑'이라는 단어 자체가 굉장히 어렵게 다가오는 경우가 있다. 그럴 땐 위의 발음 예시를 응용해 '사랑'을 변형해 보자. "따당해", "타당해" 이런식으로. 사실 "타당해"는 국어사전에 등재된 -타당하다 : 일의 이치로 보아 옳다- 라는 의미로 내비쳐져 우리가 말하려는 바와 전혀 다른 문맥의 흐름을 탈 수 있다는 부작용이 있지만, 상대를 쳐다보는 그윽한 눈빛 아이템을 장착하거나, 비음 섞인 귀여운 목소리 스킬을 사용하면 충분히 사랑하는 마음을 상대에게 전달할 수 있다. 나의 경우 대부분의 날을 목소리로 마주하는 진배 씨와 통화를 끊기 전, "잘자. 타당해"라고 했을 때 "나도, 사랑해"라는 답변을 들었던 수많은 날로 미루어보아, 이는 성공 확률 100퍼센트의 믿을 만한 정보라 자신 있게 말할 수 있다. 그런데, 왜 어렵냐, 사랑. 하기도 어렵고 표현하기도 어렵고 입 밖으로 내기도 어려운 그놈의 사랑. 따당하면 안되나? 타당하면 안되나? 타단해, 따단해, 따룽해, 타룽해 뭐 등등 온갖 된소리와 센소리를 사용해도 사랑이라는 본질은 변하지 않지만서도 왜 마음의 정석인 '사랑'은 온전히 말하기가 그렇게 힘든지. 사랑-이라는 단어는 눈을 내리깔게 만든다. 손끝을 가만두지 못하고 꼼지락하게 만든다. 입이 쩍쩍 말라 자꾸만 입술에 침을 묻히게 한다. 심장을 뛰게 한다. 긴장하게 한다.

나는 사랑을 표현하기 전에 생각하고 계산하는 편이다. 엄지손가락 손톱으로 검지손가락을 오십 번 정도 꾹꾹 누르면서 오늘은 이야기할지 말지, 만약 하기로 결심했다면 어느 타이밍에 할지, 눈은 어디 둘지, 목소리는 어떻게 낼지 생각한다. 머릿속으로 시뮬레이션만 계속 돌린다. 그러다 보면 대화에 집중하지 못한다. 최악의 경우는 상대의 말과 맞물려 어버버 하는 것이다.

"무슨 말 하려고 했어? 먼저 말해."
"아니야…"

수많은 실패를 거듭한다. 자연스레 표현하기 위해 고

민하고 연습한다. 사랑은 나를 생각하게 만든다. 무계획인 나를 자꾸만 계획하게 만든다.

사랑은 형체가 있지만 또 어떨 땐 없어서 우리는 보일 듯 말 듯 한 그 아슬아슬한 선을 넘나들며 다투고 오해하고 웃고 행복해한다. 언젠가 성화 씨가 나에게 물었다.

"내가 너를 사랑하는 방식이 잘못되었던 걸까."

그는 당신이 나를 어떻게 키워야 했었는지 나에게 되레 질문한다. 글쎄요… 사랑을 맹목적으로 대가 없이 주는 당신도 아직 사랑의 방식을 모르는데, 내가 당신에게 나를 어떻게 사랑해 달라는 요구를 쉬이 할 수 있을까. 그럼에도 나는 진배 씨에게 같은 의문을 가진다. 내가 어떻게 사랑해야 당신이 우울해하지 않을까. 그래서 물었다. 내가 그랬듯 당신도 대답하지 못했다. 한숨이 나왔다. 이럴 땐 그냥 얼굴을 붉히며 "따당해"하고 끊는 게 제격이다. 그럼, 진배 씨는 운다. '사랑'이란 단어가 벅차서 운다. 그럼 나는 울지 말라고 한다. 눈물을 참으면서 "응, 나도 사랑해"하고 끊는다. 미치겠다. 사랑은 눈물 나게 한다. 눈은 울고 입은 웃게 만든다. '사랑'은 아주 간단하게 우리 사이의 공백을 채

워준다. 언젠가는 눈치 없이 대뜸 사랑을 말할 수 있길, '사랑'에 울지 않도록 맘껏 사랑으로 노래를 지어 불러 줄 수 있길.

사랑을 강요하지 않을 수 있다면 얼마나 좋을지 상상한다. 나의 결핍을 상대가 채워주길 바라는 욕심을 가만히 들여다본다. 언제부터 애정을 갈구했는지 거슬러 간다. 진배 씨와 성화 씨가 출근할 때 어린 유진은 물었다.

"안 가면 안 돼?"

그때 동생 훈이는 무얼 하고 있었는지 기억나지 않는다. 어렸을 적 기억에 훈이는 드문드문이다. 그저 열심히 게임을 하던 삼촌의 방문 사이로 흘러나오는 어슴푸레한 빛, 날이 지는 어둑함, 발 앞에 잔뜩 쌓인 책. 맞벌이 부부는 어린 딸을 두고 구두를 신는 게 여간 어려운 일이 아녔을 거다. 그럼에도 유진에게 사랑을 주기 위해서 그들은 일해야 했다. 하지만 어린 유진은 외로웠다. 어딘가 애정을 쏟고 싶었다. 무작정 책을 읽고 일기를 썼다. 하루에 한 줄씩 명언도 적었다. 일기를 까먹은 날엔 깊게 잠들지 못하고 새벽에 깼다. 그러곤 일기를 다 쓰고나서야 편히 잠들 수 있었다. 열 권의 책을 읽으면 성화 씨가 칭찬을 해줬다. 그 순간을 위해 홀로 소파에 앉아 책을 읽는 시간은 편안하면서도 불안했다. 성화 씨 몰래 왼손 엄지손가락을 물고 책을 읽었다. 그럼 나도 모르는 안정감이 몰려왔다. 본능적으로 이 행위가 들키면 안 된다는 것을 알아 혼자 있을 때만 즐기는 하나의 놀이로 여겼다. 가끔 썰렁하고 텅 빈 거실 속 내가 앉아있던 소파가 떠오른다. 침에 퉁퉁 불었던 손가락이 저릿하다. 좋은 기억은 다 잊고 외로웠던 시간만 되뇌는 걸 수도 있다. 하지만 지금도 종종 그들의 사랑을 더욱 원했던 어린 시절 유진을 떠올린다.

사람에겐 각자의 애착유형이 존재한다. 나는 불안형이다. 전문적인 검사를 받아 나온 결과다. 확실하게 말하면 불안혼란형이다. 사랑은 상대가 나에게 오롯이 집중하는 것이고 나 또한 그래야 한다는 것이 나에게 강한 기준으로 작용하고 있었다. 멀어질까 두려워하고 계속해서 나의 옆에 있을 것인지 확인받고 싶어 했다. 무한한 표현과 관심이 이상적인 사랑이라 생각했으며 그것에 대한 부재를 누구에게나 느꼈다. 잠깐 스치는 불안에도 살이 베일 듯 무서워 마음을 여미고, 적당한 거리감을 마음이 식어가는 과정이라 여겼던 유진은 20대의 끝자락에서 자신의 애정 방식이 스탠더드가 아님을 어느 날 깨달았다.

그날은 눈이 왔다. 예쁘게 휘날리는 눈이 뺨 위로 떨어지면 연약한 피부는 금세 빨갛게 부어올랐다. 추운 날 피부가 팽창하는 느낌을 즐겼다. 낮은 기온이 내뿜는 서늘한 외로움은 귀를 시리게 했다. 모자를 꾹 눌러 썼다. Richard Sanderson의 Reality를 들으며 마음을 달랬다. 방금 한 이별에 막 생긴 생채기가 따끔거렸지만 애써 모른 척 걸었다. 횡단보도를 건너며 스치는 행인이 풍긴 냄새는 고모의 향기를 닮아있었다. 고모에게 전화를 걸었다.

"고모, 이 노래 알지? Dreams are my reality."
"알지, 라붐 OST잖아. 근데, 왜?"
"아니, 이 노래 들으면서 눈을 맞는데 고모 생각이 나서."

우리는 먼발치에 서서 요즘은 어떻게 지내는지, 사랑은 잘 잊었는지, 끼니는 제때 챙기는지 서로의 안부를 묻다가 고모에게서 요즘 애들의 사랑을 배운다.

"요즘 누가 사랑에 올인하니? 이렇게 바쁜 세상에 말이야. 응? 짬 내서 만나고 사랑하는 거지.

얘, 요즘 애들은 헌신적이면 부담스러워해.”

나 요즘 사람인데, 몰랐다.

“너 할 일 열심히 하고, 안부 묻고, 그러다 둘이
타이밍 좋게 시간 나면 좋은 곳 가고. 매달리지 말
고. 의지하되 의존하지 않는 게 요즘 연애래. 안
그래도 내가 너한테 말하려고 했어. 너 딱 금사빠
에 사랑이 전부인 타입이지?”

뼈 맞았다.

“고모, 금사빠란 단어는 어디서 배웠어?”
“요즘 누가 모르니.”

진짜 웃겨… 요즘 애인 나는 싱글의 삶을 즐기며 사
는 골드미스 기원 씨에게 연애를 배운다. 왜 이제 알았
냐며, 타박하다가도 지금이라도 알았으니 다행이라는
선생님께 어리숙한 학생은 연신 찬사를 보낸다. 성인
이 되면 소맥 마는 법이 아니라 사랑하는 법을 가르쳐
줘야 하지 않나? 거친 시행착오를 거치며 이별에 힘들
어하고 며칠을 굶어가며 뼈를 깎는 고통을 통해 배워

야 하는 것이 사랑이라면 누군가 나서서 알려주면 좋겠다. 20대와 하는 연애는 이렇게, 30대는 이렇게. 틀린 것이 아닌 다른 것. 서로를 이해하고 존중하는 법. 회피하지 않고 맞서는 법. 건강한 이별이란 어떤 것인지. 사랑을 인터넷 소설로, 구구절절한 이별 노래로 배우니 이렇게 지지부진을 면치 못하고 있다. 여러 번의 경험에 발전과 진척이 있어야 할 터인데 전혀 그런 모습은 보이지 않았고 나는 끝끝내 20대 마지막 연애까지 처참하게 부서지며 배웠다는 것이 적잖이 속상했기 때문이다.

"얘, 나 이제 너희 아빠 밥 차리러 가야 하니까. 제발 앞으론 어른스럽게 사랑하고. 곧 보자?"
"알았어, 고모."

예쁘게 날리던 눈송이가 멎었다. 수많은 질문이 혀 위에 쌓였지만, 하지 않았다. 이런 물음이 가지는 의미를 생각했다. 크게 유의미하지 않다는 결론을 내렸다. 전화를 마치고 자리로 돌아와 다 식어버린 밀크티를 홀짝였다. 혀끝에 맴돌던 의구심까지 삼켜버렸다. 분명 시작은 어떤 온도로든 뜨겁다. 각자 다른 발화점이 존재한다. 굳이 굳이 나의 온도로 맞추려 하니 사랑

앞에선 계산에 실패한 과학자가 된다. 인정한다. 나는 약간 미지근할 필요가 있다. 기원 씨 말대로 이렇게 바쁘게 살아가는 세상 속 서로가 있다는 사실 하나면 되지 않을까 싶다. '그렇네, 좋아하는 마음은 어차피 같은데.' 혼란스러웠던 마음이 잔잔해졌다. 잔물결이 멈추고 평화가 찾아왔다. 생각해 보면 빅 웨이브만이 파도가 아니다. 스몰 웨이브를 즐기는 서퍼도 있고, 내가 좋아하는 스킴은 파도가 없는 날에도 탈 수 있다. 사랑도 이와 비슷한 맥락이지 않을까?

내가 타인에게 사랑을 요구할 때 정작 나의 사랑을 원하는 이들에게는 충분히 주고 있었던 걸까. 고모와 전화를 끊고 우리가 얼마 만에 목소리를 교환했는지 생각했다. 꽤 옛날 일이었다. 최근 전화 목록을 확인하곤 불편한 갈증에 물을 한 잔 마셨다. 내가 타던 파도에서 내려 뒤를 돌아본다. 큰 파도만 치던 해변에 작은 파도가 찾아온다. 이상 현상이 아니다. 아주 자연스레 몸을 던져 부서지는 파도를 맞고 느껴본다. 나쁘지 않다. 흐린 눈을 비빈다. 환상의 경계에 서서 한 발짝 멀어져 보기로 결심한다. 좁았던 시야가 트인다. 눈이 부시다. 바다가 더 넓고 다채로워 보였다. 내가 몰랐던 세상. 이제야 수평선을 똑바로 바라본다.

타인의 관계는 마치 꿈 같다며 누군가 이야기했다. 눈이 펑펑 오는 날 친구와 그 문장을 곱씹으며 입김을 불었다. 타인과 타인 사이에서 머물렀던 꿈같은 관계, 사라져 버린 신기루, 각양각색의 모양을 가진 사랑을 나열하며 날이 새도록 떠들고선 우리를 기다리는 따뜻한 집으로 돌아가 소진된 사랑을 충전한다. 집(home)은 타인이 만든 방공호지만 본인과 가장 긴밀한 타인이 모인 곳. 그들은 조용히 서로의 상처를 보듬어 준다. 꿈에서 깬 뒤, 느지막이 일어나 닭이 우는 소리를 듣고, 강아지의 보챔을 받는다. 형체 없는 사랑을 만끽하며 살이 오른다. 오랜만에 무궁한 애정 위로 지친 몸을 뉜다. 다시금 사랑과 평화를 느낀다. 큰 파도가 한번 지나갔다.

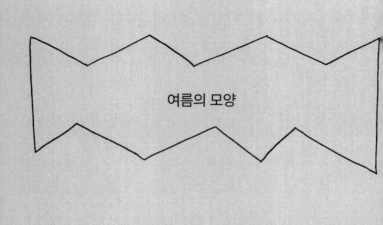

여름의 모양

푸른 녹음이 어깨까지 내려온 한여름이다. 조각난 햇살은 그늘과 퍼즐을 맞춰 발밑의 카펫으로 깔리고, 바람이 만드는 소리는 나뭇잎의 캐스터네츠 연주와 함께 고막을 가득 채운다. 낡은 가죽 슬리퍼를 꺼내면 이제 여름이 왔구나! 한다. 올리브색 매니큐어가 비뚤비뚤 칠해진 발가락. 매년 발등 위에 새겨지는 여름의 흔적. 가슴께에 흐르는 땀의 줄기가 배꼽에 닿기 전에 말라버리면 습습한 냄새가 날지 싶어 명치쯤의 옷을 집게손가락으로 들어 두어 번, 두어 번을 여러 번 남몰래 펄럭거린다. 한 손으론 이마 위에 또렷하게 맺힌 땀방울을 손등으로 툭툭 닦아 내느라 바쁘다. 걸음마다 나무가 지켜줄 수 없으니 저 골목부터는 땡볕임에 우리는 마음의 준비를 해야 한다. 하나, 둘, 셋, 태양의 바다로 뛰어든다. 저 멀리 목적지가 서로인 나와 같은 표정을 한 너를 발견하면 손으로 눈썹 앞에 지붕을 짓고 미간을 잔뜩 찌푸린채 너를 따라 웃는다. 가느다란 손가락의 움직임, 나풀대는 나뭇잎의 모양, 이고 지는 하천의 다리, 서로의 얼굴에 드리운 조각난 빛의 그림자. 이것은 여름의 모양. 급한 그리움에 손가락이 먼 옷깃을 잡아채려 꿈틀거린다. 한 쪽 눈을 감고 너를 집어 들어 올리는 시늉을 한다. 입꼬리가 씰룩대며 광대가 눈꺼풀을 밀어 올린다. 햇살에 눈이 부셔 살짝 찌푸린다.

나는 눈이 나빠 너와 내가 같은 마음을 짓는지 알 수 없다. 그러나 서로에게 몇 초 더 빨리 닿겠다며 걸음을 재촉하진 않는다. 느릿한 여름의 속도를 그대로 유지하며 천천히 마주한다. 그렇게 만난 우리는 더웠다가, 좀 살겠다가를 반복하며 걷는다. 퀴퀴한 땀 냄새를 풍기며 서로의 체취에 흠뻑 빠져 뒹굴고 손을 잡고 웃는다. 너에게서 풍기는 여름의 냄새를 들이킨다. 금방 땀이 말라버리는 몸은 또다시 서로를 뽀송하게 만들고 그러면 우리는 몸을 일으켜 지하 방공호 밖의 동산으로 오른다. 뒷모습을 지켜보며 걷는 나는 내 눈앞에 흔들리는 머리칼, 상기된 귀, 까맣게 탄 목덜미를 바라보며 내가 없었던, 혹은 있었던, 지나온 너의 여름을 상상한다. 상상은 편하다. 말로 표현하지 않아서 편하다. 너에게 굳이 이야기해 주지 않아도 되니 좋다. 그럼 너는 아무 말 없이 옆으로 오라 눈짓한다. 골반 옆에서 흔들리는 손으로 가볍게 손짓한다. 다섯 손가락을 펼치며 내 손을 찾는다. 나를 갈구한다. 나는 너의 그 행동을 좋아한다. 소속감, 안정감, 소유욕, 우리가 마치 하나가 된 것 같은 기분. 나는 세 걸음을 경쾌하게 서둘러 더운 너의 손을 잡는다. 하지만 이내 둘 다 손바닥을 바지에 닦고는 손가락을 건다. 또 걷는다. 우리의 오른쪽엔 천이 흐르고 가느다란 이름 모를 풀이 하늘댄다. 졸

졸졸 흐르는 천의 반대로 목적지 없이 걷는다. 기다란 고가도로의 그림자가 우리를 지켜준다. 내리쬐는 반틈의 볕을 바라보며 검게 탄 피부를 비춰본다. 태양이 내려앉은 자리는 하얀 속살을 지워버렸다. 겨울이면 돌아오겠지-하며 여름의 피부색을 즐긴다. 길게 자란 손톱을 투과하는 빛이 오묘하게 느껴진다. 여름은 많은 것을 관통한다. 단순한 생각을 해야 더위를 덜 탈 텐데, 그럼에도 청량한 도시 풍광은 좋은 영감을 주고 나를 생각하게 만든다. 집에 돌아가 목이 탈 너와 함께 얼음 가득 넣어 시원한 매실을 마시겠다 결심한다. 혀로 데굴데굴 단 맛이 나는 얼음을 굴릴거야. 또 색 좋은 토마토를 썰어 그 위에 영양소 걱정없이 설탕을 잔뜩 뿌릴테다. 오이의 말랑하고 시원한 속살이 열 띤 이빨 사이를 식혀주길 바래본다. 하늘거리는 원피스를 입고 흔들흔들 춤추기 좋은 계절에 창문을 활짝 열어둔 채 라디오를 켜 좋은 음악이 나오길 기대한다. 차갑게 칠링한 오렌지 와인을 한 손에 들고 좁은 집을 빙글빙글 돌아다니다 부엌에 도착하면 토마토 한 입, 다시 빙글빙글 돌아다니다가 부엌에 도착하면 오이 한 입. 매실로 시작해 알딸딸한 *요로 끝나는 여름 저녁. 찐득하게 습기 머금은 몸을 이끌고 적당한 온도의 냉수를 정수리에 쏟아붓는다. 눈을 감고 귀를 기울이면 고요한

육체를 채우는 물의 소리. 머리칼 사이사이를 타고 목덜미로 내려오는 물줄기가 마치 성수처럼 느껴져 잠시 눈을 감고 기도한다. 여름의 샤워는 미사의 시간. 어쩌고저쩌고 중얼중얼 마음속으로 여러가지를 빈다. 살짝 열린 문틈 사이로 흘러나오는 라디오 소리가 나의 신앙심을 더욱 부추긴다. 뜨끈한 여름 공기가 어느샌가 내 옆으로 와 우리의 무사 여름을 위해 함께 빌어준다. 너와 내가 올해 여름에도 더위를 먹지 않고 냉방병을 앓지 않으며, 개도 안걸린다는 여름 감기가 우리 둘 만은 피해 가기를. 더운 계절이 끝난 후에도 냄비같은 사랑이 식지 않기를. 찬 공기가 불어오면 오늘의 계절을 그리워하지 않기를.

* 요요 (Jojo) : 피오 와인즈 요요 오렌지 와인(Fio Wines Jojo Orange Wine)

120

사랑과 용기

지난한 사랑에 길을 잃었던 나는 요즘 과분한 사랑과 용기에 범벅이 된 채 굴러다니고 있다. 마치 초콜릿을 온몸에 바른 땅콩처럼, 형태를 알아볼 수 없는 그런 존재로. 자유로운 삶을 갈망하던 나는 어느샌가 한 회사의 구성원으로 열심히 발을 굴리며 톱니바퀴를 돌리고 있다. 극도로 거부했던 안정적인 삶, 남들과 똑같이 살지 않겠다는 철없던 피터 팬을 꿈꾸던 스무 살의 정유진은 서서히 증발하고 있다. 어느 날은 성화 씨와 유례없는 한 시간짜리 통화를 하며 INFP와 ESTJ의 좀처럼 좁혀지지 않는 삶을 대하는 자세에 관해 토론을 벌였다. 우리는 늘 충동한다. 그래서 이야기가 길어지면 안 된다. 토론의 끝머리에서 성화 씨가 그랬다.

　　"너 왜 그렇게 이기적으로 됐니?"

언젠가의 나였으면 이기적? 내가 이기적이라고? 누구보다 이타적인 내가? 라며 울분을 토하듯 나를 변호했겠지만, 어쩐지 이기적이라는 말이 듣기 싫지 않았다.

　　"엄마, 사람은 이기적이여야 해.
　　지극히 개인적이여야 하고. 나만 생각해야 해.
　　내가 젤 소중하다구."

"어쩌다 그렇게 된 거야? 의외다 너는"

"여기는 엄마 아빠가 없잖아. 고모도 할머니도 둥이도 없어. 나를 지킬 사람은 나뿐이야. 그러니 나를 위해 나는 이기적으로 돼야 해. 그뿐이야."

육 년, 곧 칠 년이 되어가는 가족이 없는 삶. 혼자라는 테두리 안에서 나는 점점 더 나를 지키기 위해 높은 마음의 벽을 만들고 있었다. 사람은 물렁물렁하면 못쓴다는 것을 사회에서 배웠다. 대학생 시절에는 그럼에도 청춘의 아픔이라 여기며 온전히 고통을 느끼며 버텨낼 수 있었지만, 이제는 아파할 시간도 아깝다. 회복하지 않으면 다음 날 일어날 수 없기 때문이다.

사랑과는 먼 도시라고 생각한 서울에서 나는 더 극적인 사랑을 배우고 있다. 지루하기만 했던 출근길에 아무 생각 없이 들고 탄 무라카미 하루키의 에세이 속에서 오랜만에 그의 유머 감각을 맛봤다. 아, 나 이래서 하루키 좋아했지? 역시 하루키야. 출근길이 즐거워졌다. 또 읽고 싶어서, 웃고 싶어서, 궁금해서 자기 전이 너무 설렜다. 인파 사이에 끼어 원치 않게 다른 사람들의 사생활을 염탐해야 하는 장소에서 오롯이 나만을 위한 시간을 즐길 수 있다니. 마지막 문장을 읽어 냈을 때의 뿌듯한 성취감은 나를 더 사랑하게 된 것 같은 기분을 선사한다. 아싸, 완독했다. 아주 오랜만에. 책 읽을 시간이 없다고 여겼던 지난날을 반성하며 이제야 알아버린 소중한 이 독서 시간을 더 이상 헛되이 보내지 않으리라 다짐했다. 내일 읽을 책을 챙기자. 혹시나 까먹을까 봐 메모지에 적어 냉장고에 붙여뒀다. −유진아 무겁겠지만 이슬아 작가님의 책을 꼭 챙겨가도록 하자− 오랜만에 펼친 이슬아 작가님의 세상 속에 나는 또 자각했다. 아, 나 이래서 이슬아 좋아했지?

잃어버린 지갑을 찾으러 한 시간 넘게 택시를 타고 간 쌍문동. 지갑을 찾으러 가기 전에 배가 너무 고파서 포장마차에 들렸다. 중요한 저녁 약속도 못 가고… 젠장, 이렇게 굶을 순 없다. 억울하니 이 동네 어묵이라도 먹고 가야겠다. 그렇게 낯선 동네를 휘적휘적 걷다가 줄지어진 포장마차 중 빈자리가 있는 곳에 은근슬쩍 합류했다. 시끌시끌 단골손님과 자매 사장님들의 따뜻한 대화를 라디오 삼아 어묵 세 개를 해치웠다. 오물대며 엿들은 대화는 이러했다.

　　"겨울이니까 따뜻한 마음을 선물로 드릴게요.
　　춥죠. 이모들?"

그의 품에서 두 개의 따뜻한 꿀물이 나왔다. 거짓말, 부끄럽고 쑥스러운 드라마 대사 같겠지만 토씨 하나 틀리지 않고 저렇게 말했다. 행복해하는 사람들의 웃음소리를 청취자로서 조용히 들으며 들키지 않게 살짝 웃었다. 역시 듣는 게 최고야. 여기에 오길 잘했어. 쌍문역이어서 다행이야. 사랑은 사랑이야. 세상은 사랑이 전부야. 사랑으로 범벅된 이슬아 작가님의 책을 읽으며 여기까지 와서 그런지 나는 내가 썩 마음에 들어하는 사람이 되어 있었다. 행복했다. 어묵도 맛있었고, 지갑도 찾았다. 이 겨울이 따뜻했다.

지갑을 찾아 집으로 돌아가는 동안 책을 다 읽어버렸다. 얼마 남지 않은 분량이어서 금방 읽을 걸 예상했지만, 역시 한두 정거장 안에 책은 끝이 나 버렸다. 그래서 다시 펼쳤다. 그리고 좋았던 부분들을 정독했다. 그러니 또 행복해졌다. 두 번 읽으니 밑줄 치고 싶은 문장들이 보였다. 그래서 펜을 찾아 죽죽 그어갔다. 읽고 또 읽었다. 그 동안 삼각지역에 도착했다. 나는 역사 안에서 6호선으로 환승하러 가는 먼 길을 좋아한다. 기분 좋은 재즈 음악과 꽃향기가 풍겨온다. 그곳엔 어떤 낭만적인 사람이 운영하는 꽃집과 서점이 등장한다. 쉽사리 지나칠 수 없다. 지하철이 도착했지만, 급하게 달리지 않고 은근슬쩍 책꽂이 앞으로 향한다. 그리곤 힐끗힐끗 타인의 시간을 구경하며 책을 고른다. 옆에서 서로의 특별한 하루를 위해 꽃을 사 가는 사람, 신중히 책을 고르는 사람. 그러다 운 좋게 이슬아 작가님의 글이 담긴 신간을 발견했다. 반려묘, 반려견을 위한 책이었다. 럭키! 심지어 10퍼센트 할인에 적당한 두께 그리고 양장본도 아니었다. (참고로 나는 양장본을 선호하지 않는다) 아주 운이 좋다고 생각했다. 최악의 하루에서 로맨틱한 하루로 변해가는 과정이었다. 책을 읽으면 행복해진다. 복잡한 감정이 노크하는 순간에 책을 펼치면 나는 다시 평화로워진다. 책장에서 찾은 우연한 사랑을 마주하며 내가 가진 사랑에 또 다른 사랑을 거듭 더한다.

갑작스레 계획에 없던 파견근무를 나와 낯선 생활을 하고 있자니 많은 회사 동료가 나에게 걱정의 마음이 가득 담긴 연락을 준다. 이러한 내 상황이 안타까워 보이거나 불쌍해 보일 수도 있다. 하필이면 해당 프로젝트를 진행한 많은 직원 중 나였으니까. 후배를 낯선 곳에 혼자 두고 떠나야 했던 선임님은 미안했는지 나의 안부를 자주 물으셨다. 하루는 점심시간에 전화가 왔다. 나는 또 무슨 이슈가 터진 건가 하며 불안하게 전화를 받았다.

"유진, 밥은 잘 먹고 있어요?"

회사엔 아무 일 없다 했다. 그저 나의 끼니가 걱정이 되어서 걸려 온 안부 전화였다. 밥은 잘 먹고 있냐는 말을 타인에게 들은 지가 얼마 만인지. 기분이 이상했다. 점심 굶을까 봐 걱정 돼 운전하다가 전화했다며 그는 연신 또 내 걱정을 늘어놓았다. 오랜만에 느껴보는 고마운 감정에 이 사람이 더 좋아졌고 이 일을 더 잘 끝내고 싶어졌다. 책임님은 그런 사람이었다. 의외의 인물에게 배운 사랑은 아마 오랫동안 기억에 남을 거다. 사랑은 별 특별한 행위가 아니다. 그 사람이 생각나서 끼니를 물어보는 것. 책임님이 이 글을 읽으시고 "앗, 저는 유진님을 사랑하지 않아요!"라고 할지언정, 나는 동료를 향한 걱정 어린 애정, 사랑의 표현이라 믿고 싶다. 익숙한 사람에게서 받는 새로운 사랑, 낯선 곳, 낯선 사람에게서 받는 의외의 사랑. 이 시기를 버텨낼 수 있었던 것은 내 곁을 지켜준 너무나 좋은 사람들 덕분이었다.

요즘 사랑과 용기 타령을 하다가 표본이 되는 게시물을 발견했다. 누군가에게 무작정 칭찬을 건네어 보자는 영상이었다. 아마 내가 좋아하는 이슬아 작가님이나 유지혜 작가님도 이 동영상을 봤다면 아마 사랑과 용기를 말했을 것이다. 사람들은 그의 용기에 쑥스러워했고 사랑을 느꼈다. 아주 행복한 영상이었다. 용기는 부끄럽거나 숙쓰럽다 하지만 사랑스럽다. 사랑은 용기가 필요하다, 아니다 필요없다. 뭐든 좋다. 나는 요즘 계속해서 사랑하고 싶다. 나를 걱정해 주고 아껴주는 사람들을 사랑하고 싶다. 아직 용기가 부족해 내 주변의 많은 타인을 사랑하지는 못하지만. 우울증에 간헐적으로 울렁대는 마음과 고요하지 못하고 끊임없이 감정이 요동치는 순간들, 지나간 사랑에 목매며 나의 탓을 하던 시간, 이유 없는 미움에 상처받은 나. 이 모든 경험이 힘들었다고 생각하기 보단 고마웠다, 덕분에 무언가를 배웠다고 생각하겠다. 최근에 완독한 이슬아 작가님의 <깨끗한 존경> 속 정혜윤 피디님과의 인터뷰가 떠오른다. 깔끔하고 정갈한 사람들에 대한 사랑과 존경의 이야기. 내 세계에 새로운 정신과 마음을 만들어 준 두 분께 깨끗한 감사의 인사를 드리고 싶다.

실시간 사랑 이야기 : 글을 쓰던 중 방금 또 사랑을 받았다. 큰 키, 멋진 수염, 긴 머리를 질끈 묶고 다니시는 내가 너무 좋아하는 무용 선생님. 선생님의 안무가 좋아 새벽까지 열심히 췄던 기억이 생생하다. 잘 사냐며, 언젠가 너의 연락이 고마워 기억이 나 전화했다며, 일은 안 힘드니, 건강히 잘 지내느냐 묻는 목소리에서 사랑이 느껴졌다. 아, 나 사랑받고 있구나. 용기 내 주셨구나, 궁금해해 주셨구나.

"선생님 저는 안부 전화를 걸기 위한 용기가 필요해요."
"용기가 뭐가 필요해, 그냥 잘 지내지? 하고 끊어도 되는 거야."

누군가는 사랑과 용기를 함께 말하지 않는다. 자연스레 삶에 묻어나는 사랑. 굳이 용기를 내지 않아도 자연의 섭리처럼 흘러가는 것이 사랑이라 여기는 사람들. 사랑은 그냥 사랑이다. 보고 싶으면 그냥 보고 싶다고 한다. 나는 선생님의 이런 점을 너무 사랑한다. 머리 말릴 시간을 놓친 채 끊임없이 사랑에 대해 주절주절 이야기하고 있지만 이 시간도 나는 사랑한다. 깨어 있길 잘했다. 사랑에 범벅된 채, 내가 사랑하는 남색과 분홍색 침구에 돌돌 말려져 자야겠다. 사랑했다. 내일도 사랑한다. 좀 더 용기를 내보기로 한다.

2021년 11월 12일 오전 1:07

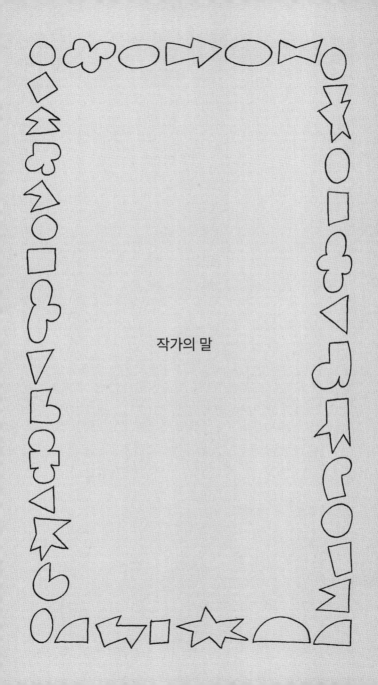

작가의 말

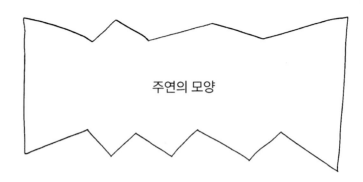

주연의 모양

(정답)
(46P)
바다 / 아이스크림 / 물냉 / 긴팔에 반바지 / 더운데 감기걸리기
(49P)
The Volunteers – Summer (2021)

나에게는 이쁜 구석이 없는 여름이어서,
좋아하는 것과 싫어하는 것의 경계선이 모호해질 즘
내 여름은 싫어하는 것 사이 저 멀리서 그걸 지켜만 봤다.
여름은 항상 나에게서 소외된 상태로 그렇게 지나갔다.
나에게 동정심의 무언가가 생길 때, 그렇게 여름을 찾으러
다녔고 내가 만난 여름들을 모아 이렇게 책이 되었다.

모아보니 미운 만큼 사랑스러운 내 여름.
이제는 모호해진 여름의 경계선.

그래도 계속 여름은 미워할게요.

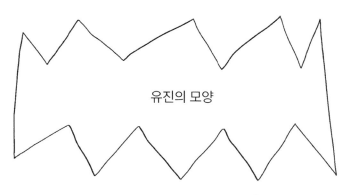

유진의 모양

쌀쌀할 때 읽는 여름의 글은 어떨까? 생각했습니다.
하얗게 쌓인 눈의 흔적을 눈요기 삼으면서
등줄기를 지그시 타고 흐르던 여름의 갈래를 정리했습니다.
편안하게 누워 자던 과거의 이야기도 데려왔습니다.
아무렴, 적혔으면 일을 해야지요.

모으고, 쓰고 보니 사랑 타령이 전부인 것 같아
조금 물리는 감이 있지만,
2024년 제가 소원하는 것은 사랑과 평화가 전부이기에
이번에는 그냥 넘어가기로 스스로와 타협했습니다.

정유진의 글을 가끔 기다려주시는 분들께
이 책으로 인하여 많이는 안 바라고요,
약… 14% 정도만 더 나은 하루가 되시길 바라며
감히 세상에 내놓습니다.

여름의 모양

초판 1쇄 2024년 3월 4일
2쇄 2024년 4월 15일
3쇄 2024년 5월 13일

지은이 정유진 조주연
디자인 조주연
펴낸곳 모과북스
출판등록 2024년 1월 30일
전화 010-4487-7716

E-mail mogwabooks@gmail.com
instagram @mogwabooks

ISBN 979-11-986275-0-6